JN039324

「俺のと何が違うんだ……？」
「わっ！　美味しい！」

辺境モブ貴族のウチに嫁いできた悪役令嬢が、めちゃくちゃできる良い嫁なんだが？

[著] tera　[イラスト] 徹田

HENKYO MOB KIZOKU NO
UCHI NI TOTSUIDEKITA
AKUYAKU REIJO GA,
MECHA-KUCHA DEKIRU
IIYOME NANDAGA?

口絵・本文イラスト：徹田

CONTENTS

HENKYO MOB KIZOKU NO
UCHI NI TOTSUIDEKITA
AKUYAKU REIJO GA,
MECHA-KUCHA DEKIRU
IIYOME NANDAGA?

第1章　公爵令嬢《こうしやくれいじよう》が嫁《とつ》いでくるらしい

俺《おれ》、──【ラグナ・ヴェル・ブレイブ】は辺境田舎貴族としての雑務に追われていた。

「クソクソクソッ！　どうしてこうなった！」

書斎《しよさい》にて、悪態を吐《つ》きながら山積みとなった引継《ひきつ》ぎ書類に目を通し、然《しか》るべき場所にサインを書きなぐり続ける。

「朱肉《しゆにく》はどこだ！　魔法《まほう》のある世界なんだからあったっていいだろ！」

この世界は、魔法が存在するのに印鑑《いんかん》はない。

封蝋《ふうろう》はあれど、特別な信書に利用するのみだ。

「どうして誰《だれ》も気づかない？　腱鞘炎《けんしようえん》になるぞ？」

延々《えんえん》と動かし続けた右手の感覚はすでに無く、なんとか回復魔術《まじゆつ》でごまかして作業をしていた。

「あーもうダメだ、右手死んだ。感覚がマヒしてるわ」

麻痺《まひ》系の毒を持った蟻《あり》の魔物《まもの》に噛《か》まれた時を思い出すが、そんな物よりもこの書類の山はもっとえげつない威力《いりよく》を秘めていた。

「ダメ親父《おやじ》のクソ親父、なんで死んじまったんだ……」

慣れない書類仕事に忙殺《ぼうさつ》されるこの状況《じようきよう》は、約一か月前に起こった戦争のせいだった。

国境を接する敵国に攻め込《せこ》まれ、運悪くそこに魔物の暴動も加わって、辺境領は混乱し親父はあっけなく戦死した。

ついでに言えば、長男も次男もそこで戦死した。

生き残った三男の俺が急遽《きゅうきょ》この辺境領を継ぐことになり、こうして溜《た》まりに溜まった書類仕事に追われ嘆《なげ》いているのである。

「冒険者《ぼうけんしゃ》にでもなって適当に暮らすつもりだったのにな！」

この世界には、魔法以外に冒険者という職業やダンジョンがあり、辺境貴族の三男なんて王都の学園に通うこともなく放逐《ほうちく》される運命だ。

その立場にかこつけて二度目の人生をハチャメチャに生きるつもりだったのに、どうしてこうなった。

肌《はだ》に合わない書類仕事と領地経営をしながら領地の後継《こうけい》として、王都で学園生活もしなきゃいけない。

「無理だ、無理過ぎる」

ここは辺境領、王都まで距離《きょり》があるのでわざわざ寮《りょう》に住まなきゃいけないことも考えると気が遠くなりそうだった。

今は家族の葬儀《そうぎ》とか戦後処理のごたごたを理由に入学を遅《おく》らせている状況だが、このまま忘れてましたってことにして入学を拒否《きょひ》することはできないものだろうか。

「できないよな、できないだろうな……」

そういった仕来りを破ってしまえば、王都に住まう格上の貴族から支援《しえん》を受けられなくなってしまう。

ブレイブ領は、豊かな自然を持つかわりに魔物だらけで、隣接《りんせつ》する敵国との小競《こぜ》り合いもしょっちゅう起こる。

土地柄《がら》魔物の素材は大量にあり、冒険者など流れ者向けの商売は盛んなのだが、自給自足能力が皆無《かいむ》だった。

「畑作っても敵国に焼かれるし、山脈を開拓《かいたく》してもゴブリンとかオークとか大量の魔物が親の仇《かたき》かってくらい荒《あ》らしに来るしなあ！」

そういった状況故《ゆえ》に、貴族の支援に頼《たよ》りっきりで山となった書類の中身はほとんどが支援物資関係なのである。

魔物や敵国を食い止める代わりに、みたいな感じだ。

「ともかくやるしかないか……」

覚悟《かくご》を決めろ、学園で他の貴族の倅《せがれ》たちに今後共《とも》ご支援お願いしますとゴマをする毎日が待っている。

「で、できるのか？」

下げたくもない頭を下げ続ける日々を想像すると、何故《なぜ》だかものすごい吐き気に襲《おそ》われた。

「そもそも一から十まで全部が全部、魔物や敵兵を殺すための教育をされてきたんだが？　ここはそんな血みどろの領地なんだが？」

俺はブレイブ領が他の貴族からなんと呼ばれているのか知っている。

捨て地だ、捨て地。インフラの発展すら叶《かな》わない。

自分で言ってて悲しくなってきたが、そんなもんだと理解はしている。

ブレイブ領で人の命は軽い。

俺なんか親父や兄貴たちを敵国に殺されておきながら悲しむこともできないでいる。

「今日はいつにもましてボヤいておりますな」

愚痴《ぐち》をこぼしながら猛烈《もうれつ》な勢いで書類仕事をしていると、ドアからブレイブ家の執事《しつじ》【セバス】が顔を覗《のぞ》かせた。

「ラグナ坊《ぼ》っちゃん、重要なお話がございます」

「良《い》いところに来たなセバス、手伝え。あともう坊っちゃんじゃなくてラグナ様、な」

「まだ正式に継いでおられませんので。それに領主様が目を通さなければならない書類ですので、いち家臣の私に頼《たの》まれましても」

「チッ」

思わず舌打ちが出てしまったが、セバスもセバスで忙《いそが》しいのだ。

うちと関係のある他の貴族への対応を全《すべ》てやってもらっているが故に、俺は支援してくれている貴族と面会するという一番時間と手間を取られる仕事をせずに済んでいる。

でも言い方が鼻についてムカつくけどな！

「それで重要な話って何？」

「ふーむ、ブレイブ家にも一応それなりに書類仕事をこなせる血筋がいたことに驚《おどろ》きを隠《かく》せませんな？」

「……そんなことを言いに来たのか？」

ほら、ムカつくだろう？

親父や兄貴たちは確かにこうした書類仕事は無理な脳筋タイプだった。

だから書類専門の使用人と手分けしてやっていたのだが、貴重な存在は軒並《のきな》み戦死である。

ちくしょうめ！

覚悟はしていたことだったので、悔《くや》しがっても仕方がないか。

少し悲しい気持ちもあるが、人や魔物との小競り合いの絶えないこの土地で、俺たちはそんなもんだと教えられ育てられてきた。

早いか、遅《おそ》いか、ただそれだけなのである。

「実は坊っちゃんに縁談《えんだん》が来ております」

「縁談？　いくら何でも唐突《とうとつ》過ぎないか？」

思わぬ言葉に、訝《いぶか》しむ。

領主になることは、そういった話も舞《ま》い込んでくるのは理解できる。

ただ、捨て地と呼ばれるブレイブ領への縁談はみんな嫌《いや》がるのだ。

「長男と次男の婚約者《こんやくしゃ》なんて葬儀にすらこなかったレベルだぞ？」

酷《ひど》い話だが、それだけ危険で忌《い》み嫌《きら》われた土地なのである。

「ご報告に向かわせてもらいましたところ、なんともホッとしておられましたね」

「……殺すか」

バキッとペンをへし折る。

国を守って死んでいった兵たちの誇《ほこ》りを傷つけられた気分だった。

「ダメですよ坊っちゃん」

想定していたのか代わりのペンをすぐに差し出したセバスは、やれやれと肩《かた》をすくめながら言葉を続ける。

「つながりが無ければ立ち行かなくなってしまいます。気に障《さわ》ったからと殺すなどと言ってはいけません」

「どうせどこにも出せないような女だろ？　だからうちに嫁がされた」

そんな連中、殺してもとやかく言われない。

表向きは怒《おこ》るだろうが、不良物件を処分してくれたと内心ホッとするさ。

「で、縁談の方はいったい何をしでかしたタイプ？」

「やれやれ、余計な先入観を持って女性に接すると火傷《やけど》を負ってしまいますぞ、坊っちゃん」

煽《あお》ったのはお前じゃないかとセバスを睨《にら》むが、さらりと受け流された。

とりあえず縁談は断ろう。

母親の顔すら知らない状況で、嫁《よめ》さんの想像なんてできるわけがない。

「セバス、見ての通りうちは色んなことが積み重なって超《ちょう》忙しい。わかるだろ。それを理由に適当に断っといてくれない？」

継いでいかなければならない以上は、いずれは嫁さんについても本格的に考えなければならないとは思うが、いかんせん早過ぎる。

「俺は後処理が終わったらブレイブ領からそこそこ遠い王都の学園に赴《おもむ》かなきゃいけないわけだ。たくさんの貴族が通う学園で将来のためにゴマをすって、長期休暇《きゅうか》には戻《もど》ってきて慣れない領主の仕事だぞ？」

厄介《やっかい》な魔物や敵国への対処は予《あらかじ》めやっておいたから少し時間に余裕《よゆう》ができているとは言えど、領地と学園のことでいっぱい、いっぱい。

「無理だ断ろう。うん、断腸の思いで断っておいてくれ」

「断るのは無理です」

即却下《そくきやっか》とは、もう少し言い方があっても良いだろうに。

「碌《ろく》な結婚《けっこん》生活にならないと思うが……？」

「ハハ、結婚してもしなくても変わりませんよ。奥方様《おくがた》は誰一人《ひとり》としてブレイブ領には住み着かないのですし」

「笑い事じゃねえ……」

悲惨《ひさん》過ぎる状況にゾッとしながらもなんとか言い訳を重ねる。

「セバス、俺には休む時間なんて無いんだ。一年もすればまた魔物が増えて、さらには傷の癒《い》えた敵国がまた懲《こ》りずに攻め込んでくる可能性とかもあるんだからな？」

「理屈《りくつ》を必死にこねくり回しているところ申し訳ありませんが坊っちゃん、今回の縁談は武具や食糧《しょくりょう》をどの貴族様方よりも厚くご援助《えんじょ》してくださるオールドウッド公爵家様からのものなので無理です」

「はあ⁉」

セバスの言葉に持っていたペンを思わず握《にぎ》りつぶしてしまった。

「ああっ、新しいペンが！」

「やれやれですな」

「意味が分からん。セバス、うちの爵位《しゃくい》を言ってみろ」

「宮廷《きゅうてい》階位上級五位で伯爵《はくしゃく》ですね。一応公爵家とも婚姻《こんいん》は可能ですよ」

「辺境を付けろ、辺境を！」

爵位を聞くだけならばそれなりだが、ここに辺境という冠がつく。

それだけで、たったそれだけでブレイブ領は捨て地の異名を持つのだ。

魔物の対処や敵国との小競り合いを引き受けさせるためだけに渡《わた》された爵位であり、上級扱《あつか》いなんてされたことがない。

「それがなんでまた公爵家から……あっ」

そこで俺はこの世界がどんな世界だったかを改めて思い出した。

俺は、この世界を知っている。

前世にて、たまたまプレイしていたゲームと同じ世界なのだ。

「坊っちゃん、どうされました？」

「いや、なんでもない」

遠い過去、俺は日本という国に生きていて、どこかで死んだ。

死んだ理由とか元の名前は思い出せないが事実だけ覚えている。

三歳《さい》の時、オークに頭を殴《なぐ》られて昏倒《こんとう》した時に思い出したんだ。

最初は変な記憶《きおく》があると戸惑《とまど》ったもんだが、国の名を聞いて察した。

――ああ、これは異世界転生なのだと。

日々忙し過ぎて、すっかり忘れていた。

最初は異世界転生だなんてワクワクしたものだが、現実は俺の想像していたものとは大きく違《ちが》っていたのだからさもありなん。

三歳で魔物の狩《か》り方や人の殺し方を教え込む家系だぞ、当たり前だ。

来る日も来る日も魔物との戦闘《せんとう》で、たまに敵国との小競り合い、即《すなわ》ち戦争に駆《か》り出される。

生き残るために毎日必死に過ごしていたらいつの間にか十五歳だ、何故か領主の後継《あとつ》ぎだ。

「確かに……そんな時期だった……世代も一緒《いっしょ》だし……」

「坊っちゃん、何かご存じで？」

「何でもない！」

首を傾《かし》げるセバスの前で頭を抱《かか》えながら記憶を探っていく。

この世界は確か、平民の女の子主人公が才能を見出《みいだ》されて貴族の学園に通い、そこで出会った攻《こう》略《りゃく》対象のイケメンたちと恋仲《こいなか》に発展していくゲーム、いわゆる乙女《おとめ》ゲーという奴《やつ》だ。

オールドウッドという名前は、その乙女ゲーにも登場している——主人公に嫌がらせを行う悪役の令嬢として。

丁度少し前に行われたはずだ。

攻略対象の王子様と元々婚約《こんやく》をしていた公爵令嬢が、自分を差し置いてイチャイチャする主人公に嫌がらせを行い、王子様を賭《か》けた決闘騒《けっとうさわ》ぎへ、そして負けた公爵令嬢が婚約をその場で破棄《はき》されてしまうという一大イベントが。

ありがちなイベントだ。

その後、決闘に敗北した公爵令嬢は、諸々《もろもろ》の責任を取らされて辺境貴族の家に嫁がされて悲惨な運命を辿《たど》る。

作中ではそんな感じのことが語られていたのだが……。

「それ俺ん家《ち》だったのかよぉぉぉぉおおおおお！」

俺の叫《さけ》び声は上級貴族なのにそんなに大きくない屋敷《やしき》にこだました。

◆◆◆

婚約破棄された公爵令嬢が嫁いでくると知ってから、俺は頭をフル回転させてあのゲームがどんなゲームだったのかを思い出していた。

乙女向けゲームではあるのだが、恋愛《れんあい》もそこそこにバトルだったりダンジョンだったり他の要素も目白押《めじろお》し、いや詰め込めるだけ詰め込んだと言わんばかりの内容である。

終盤《しゅうばん》、物語の舞台《ぶたい》となった王都は戦火に包《つつ》まれる。

ブレイブ領が必死に相手にしてきた敵国から侵略《しんりゃく》を受けたり、魔物の大軍が押《お》し寄せて来たりというイベントだ。

「ぜ、絶望しかねえ……」

枕《まくら》に顔を埋《うず》めてボヤくが、ここのところの目覚めはずっとこんな感じ。

俺たちが必死に相手にしてきた存在が王都にまで押し寄せるとなれば、ブレイブ領はいったいどうなってしまうのか。

そう、滅《ほろ》ぶ。

毎日生きることに必死で忘れてしまっていたが、滅ぶことが確定している家系で唯一《ゆいいつ》の救いは三男として生まれたことだった。

貴族としての責務はなく、いずれは放逐される。

だからこそ当時のラグナ少年は夢を持っていた。

鍛《きた》え上げた身一つで冒険者となり世界を渡り歩く、そんな夢を。

物語の主人公でも何でもなく、学園のモブキャラですらない。

ストーリーの進行から地理的にも遠く離《はな》れた存在だからこそ、異世界というものを謳歌《おうか》できると本気で信じていたんだ。

「ラグナ坊っちゃん、身なりを整えませんと。そろそろ到着《とうちゃく》されます」

「……寝《ね》てる」

現実は無常だとベッドでふてくされていると、セバスが部下の使用人を引き連れて俺の部屋へと入ってきた。

「寝てる方は寝てると言いませんよ。おかしな寝言《ねごと》ですな」

「うわーん！　俺いる？　そっちで勝手にやっといてよ」

「婚約破棄されてしまった方とは言えど、格上の公爵令嬢様ですよ？　顔を立てませんと」

「うぐ」

無理やりベッドからたたき出されて、カチカチの礼服へと着替《きが》えさせられる。

この服、動きづらいから苦手なんだよな……。

本当だったら今頃《いまごろ》家を出て冒険者になってダンジョン探索《たんさく》を楽しんでいる頃《ころ》なのにどうしてこうなった。

領主の仕事をしながら学園に行くだけでも辛《つら》いってのに、つーか途中《とちゅう》から入学するって独りぼっちルートが確定しているってのに、公爵令嬢が嫁ぎに来るなんて聞いてない。

泣きっ面《つら》に蜂《はち》とはこのことである。

「坊っちゃんくれぐれも粗相《そそう》がないように致《いた》しませんと」

「わかってるよ」

公爵令嬢の名前は【アリシア・グラン・オールドウッド】と言う。

透《す》き通《とお》るような銀髪《ぎんぱつ》でスラッとしていて巨乳《きょにゅう》で美人で才女。

悪役令嬢扱いだから成績が悪いとか、落ちこぼれだとか、そういうわけでもなく賢《かしこ》い女だった。

王子様の伴侶《はんりょ》となるべく幼少期から英才教育を施《ほどこ》されてきたのだから別のベクトルで俺と同じようなもんだ。

でも性格が終わっていた。

賢いのに負けた原因は、その直情的な性格だろう。

かなりの選民思考で主人公のことを「平民は立場を弁《わきま》えなさい」やら「仮にも学園では身分は関係ないとしても一歩外に出ては貴族と平民であることを胸に刻みなさい」とかすごい怒声《どせい》で罵《ののし》っていたのを覚えている。

他にもいじめるセリフに多種多様なバリエーションがあり、よくもまあ取り巻きと一緒にこんなことができるなあとはゲームをプレイしながら思っていたのだが、今は貴族という身分だからこそ仕方ないと思う部分も存在していた。

貴族にはメンツというものが存在し、家の格は絶対的なものなのだ。

俺にはこの世界とは違う常識もあり、ブレイブ領という土地柄、平民でも何でもまあ一緒だよな、死ねばただの肉塊《にくかい》だしと割り切っちゃいるのだが、この世界の貴族は仕来りや伝統を重んじるわけで、王族ともなれば平民が結婚できるわけがない。

前世で住んでいた日本でも天皇陛下と婚姻を結ぶには国民が納得《なっとく》するような人であることが求められたりするのだし。

もっとも物語の最後では、主人公の血筋がやんごとなき失われた血筋だったって感じの展開があってみんな手のひらを返すけど、序盤《じょばん》ではそんなこと誰も知らない。

王都激動の歴史は、そういったありがちな展開によって巻き起こされ、公爵令嬢はある意味で被《ひ》害者《がいしゃ》とも言えるかもしれないのだった。

「セバス」

「何でしょうか、坊っちゃん」

公爵令嬢の情報を整理しながら俺はセバスに尋《たず》ねる。

「公爵家という格上の家に生まれて、王太子のためだけに育てられてきた令嬢が、この忙しいブレイブ領に来て何になる？」

「厄介払《ばら》いと見せしめでしょう？　殿下《でんか》を繋《つな》ぎとめることができなかったのはアリシア様の不始末だと思われてもおかしくありません。決闘騒ぎまで起こして見事に完敗してしまったのですから」

手の施しようもないところまで来てしまったと言うことだ。

「おい、その厄介払いと見せしめにうちが使われてるんだが？」

「死亡率は高いですからね、ブレイブ領は」

バカにされているというのに、さも当然と言った面持ちのセバス。

本当にブレイブ家の執事なのか疑問に思う。

「ラグナ坊っちゃん、よくよく考えてみてください」

「なに」

「公爵様はブレイブ家の状況をよくご存じです。こういった形にはなりましたが、これで公爵家との繋がりは多少なりとも強くなりました。ご支援もかなりのものが期待できますよ？」

「まあ、それはそうだけど」

「家督《かとく》を生き残った三男が引き継ぐことを周知してから、何かと理由を付けてご支援を断る方もそれなりにいますから、この縁談は地獄《じごく》に捧《ささ》げられた供物《くもつ》みたいなものなのです」

「天の恵《めぐ》みじゃなくて……？　物騒《ぶっそう》だなあ……？」

「捨て地ですから、ハハ」

「笑い事じゃないんだが？」

「ですが、公爵様の支援が増えれば学業に充《あ》てる時間も増えますし、割と絶望の淵《ふち》に立たされたブレイブ家唯一の道筋かもしれませんよ？」

俺がベッドで絶望だ何だと言っていたからか、やけに物騒な言葉を並べるセバスだった。

「生き残った者たちは、みんなブレイブ家存続のために奔走《ほんそう》してくれておりますから、ほら坊っちゃんも頑張《がんば》りませんと」

そう言って笑顔で俺の背中を押すのだが、本当に地獄である。

家のためだと考えれば幾分《いくぶん》マシだし、本人もかなり綺麗《きれい》な女性ではあるのだけど性格が終わってるんだ。

主人公のことを「平民風情が」と罵るところは致し方ないとしても、立場をわからせるために取り巻きを使って苛烈《かれつ》にいじめたり、婚約破棄をされて辺境に嫁がされても諦《あきら》めない。

主人公憎《にく》し、ただその感情だけで何度も何度も邪魔《じゃま》をしてくる、そんな存在だった。

憎しみに囚《とら》われた公爵令嬢は、最終的に悪魔《あくま》と取引をして化け物のような姿になってまで復讐《ふくしゅう》を行うのだが、このままではうちがその騒動《そうどう》に巻き込まれてしまう。

俺の頭の中には、そんなアリシアの末路が知識として存在する。

いくら公爵家からの支援がどうこうと言っても、待ち受けるのはただ一点の曇《くも》り無き破滅《はめつ》、それだけなのだった。

つーか、俺はそのゲームで一切《いっさい》登場していない。

つまりどこかでアリシアに殺されているってことだ、ヤバ過ぎる。

「アリシア様はこの地で一か月ほど過ごされた後、坊っちゃんと一緒に学園に戻られる手はずですので、ブレイブ家の男たるものしっかりとエスコートして差し上げてください」

「あ、ああ……」

無情なセバスの言葉でフラッと倒《たお》れそうになった。足にきた。

騒動によって性格のねじ曲がった令嬢と一緒に学園生活って、それはもはや新手の拷問《ごうもん》なんじゃないだろうか。

ブレイブ家を存続させるための伝手《つて》を作るためだけに学園に通うつもりだったのだが、騒動を引き起こした女の婚約者ってポジションでは無理ゲーでは？

「うわあああああああああああああああ！」

「ダメですよ。今から憂《う》さ晴らしにダンジョンや山に行くのは」

飛び出そうとしたが、セバスに首根っこを掴《つか》まれて関節を極《き》められる。

「ふぐう、反逆だぁー、罪は重たいぞー」

「さすがに許容できませんので。これは躾《しつけ》の範疇《はんちゅう》でございますよ」

ガッチリ決められて動けないとは、さすがブレイブ家に仕える執事だ。

ブレイブ家のガキは英才教育によって大人でも手に負えない。

だからこそ、そんなガキ達《たち》の面倒《めんどう》を見てきたセバスは強いのである。

「坊っちゃんの考えることはわかっておりますよ？　アリシア様をダンジョンに連れて行くのも認めません。不慮《ふりょ》の事故などが起こってしまった場合、本当にブレイブ家は潰《つぶ》れてしまいますから」

「はい……」

しかし、どうやって破滅の運命を回避《かいひ》すれば良いのだろうか。

女の相手をするよりも敵兵や魔物の相手をする方が遥《はる》かに楽である。

皮肉なことに、俺はそういう風に育てられてきたのだから。

「そろそろ時間ですよ、坊っちゃん」

「ちくしょおおおおおおおおお！」

セバスに立たされ、服についた埃《ほこり》を叩《はた》かれ連れ出された。

そうしてうだうだ言っている間に、公爵令嬢を乗せた馬車が屋敷の前に到着する時間である。

爵位が格下である俺はお出迎《でむか》えをしなければならないそうだ。

ここで「貧民《ひんみん》みたいな小さな家」とか「何で公爵家のこの私がこんな辺境に」とか、そんな言葉が出たら鉄拳《てっけん》制裁とさせていただこう。

郷に入れば郷に従え、だ。

「坊っちゃん、ダメですよ殺意を出しては。学園でもそうです」

「……はい」

セバスに頭を叩《たた》かれて素直《すなお》に殺気を抑《おさ》える。

うちに掟《おきて》という掟は存在しないが、心構えとして敵と見なしたら容赦《ようしゃ》なく殺せというものがあった。

だから良いじゃないか殺気くらい出しても。

他にはそうだな、ゴブリンを見つけたら必ず集落を探して潰せって格言もあったりする。

あいつらゴキブリみたいにすぐ繁殖《はんしょく》して集落を作るからな？

デカくなる前にさっさと潰しておかないと大変なことになる。

「ほら、到着しますよ。しゃんと立ってください」

「はい！」

馬車が見えてきたので背筋を伸《の》ばした。

公爵令嬢を乗せた馬車は、思ったよりも小さく質素だった。

「小さいな？　もっとデカい馬車で来ると思ってたけども」

「ですな」

やらかしたとしても公爵家だから使用人を大量に連れてくると思っていた。

せっかく空き部屋を使用人向けに掃除《そうじ》したのに、骨折り損である。

小さい屋敷と侮《あなど》るなかれ、使用人も戦死してすっからかんなのだ。

「お嬢《じょう》様、こちらになります」

馬車が屋敷の前で停まり、御者《ぎょしゃ》席から降りた男が客席の扉《とびら》を開く。

出てきたのは、透き通る銀髪を後ろで丸めて結った美女、公爵令嬢アリシアである。

「うわっ」

彼女《かのじょ》の姿を見た瞬間《しゅんかん》、思わずそんな声が出てしまった。

すかさずセバスが俺の後頭部を殴る。

「坊っちゃん！　……ゴホン、ようこそお越《こ》しくださいましたアリシア様。私は執事を務めるセバスでございます。お見知りおきを」

「……貴方《あなた》もそんな反応をするのね」

セバスの挨拶《あいさつ》を聞き流したアリシアは、俺を睨みつけるとそんな言葉をこぼした。

改めて顔を突《つ》き合わせると彼女の左目からおでこにかけて大きな火傷の痕《あと》がある。

「その火傷、どうされたんですか？」

「ッ」

一応尋ねてみるとアリシアは辛そうに顔を伏《ふ》せていた。

しかしさすがは公爵令嬢、傷があろうともかなり美人だ。

幸薄《うす》そうな美人ってなんか守りたくなってくるよね。

「いや語りたくないなら別に語らなくても大丈夫《だいじょうぶ》です」

変なことを聞いて逆鱗《げきりん》に触《ふ》れても仕方ないのですぐに訂正《ていせい》しておく。

隣《となり》でセバスが「もう手遅《てお》れですよ」と呟《つぶや》いていたが、相手が怒る前に訂正できたのでセーフということで。

彼女は決闘やら婚約破棄騒動を起こしてここに送られたわけで、戦った後に傷が残っているのも仕方がない。それに――。

「ブレイブ領じゃ、そのくらい普通《ふつう》ですよ」

笑顔満載《まんさい》で取り繕《つくろ》っておいた。

そう、普通なのである。

戦地に赴く兵士や山脈に入る冒険者なんて男も女も傷だらけで、そういった危険な仕事を引退した人たちは、指どころか腕《うで》や足が一本無くても当たり前なのがブレイブ領。

目元に火傷の痕だなんて……ねぇ？

今更《いまさら》驚くようなことでもなんでもない。

ちなみに俺も服を脱《ぬ》げば傷だらけだし、前髪《まえがみ》で隠しているが額に大きな傷がある。

セバスも脱げばすごい男なんだぜ。

「では、私はこれで」

「あ、はい」

そんなことをしていると御者の男は馬車からスーツケースを一つ屋敷の門の前に置くとそのままさっさと引き返してしまった。

あっという間の出来事で言葉をかける暇《ひま》すらもなかった。

ぽつんと取り残されたアリシアを見て思う。

おいおい、侍女《じじょ》無しって本気か？　仮にも年頃《としごろ》の娘《むすめ》だぞ？

せめて顔見知りの侍女一人くらいは傍《かたわ》らに置いとかないのかと、改めて彼女の置かれる立場というものを察してしまった。

公爵令嬢の世話役にうちの人手を回すのは、色々な雑務に差し支《つか》えるからいくらか人手を寄越《よこ》して欲《ほ》しかったのが本音である。

「さ、アリシア様、こちらへどうぞ」

呆然《ぼうぜん》と馬車を見送る俺を放置し、セバスは客人向けの作り笑顔でアリシアを屋敷の中へと案内する。

アリシアは自分を乗せてきた馬車を名残惜《なごりお》しそうに見ることもない。

恨《うら》みがましい視線でも馬車に向けるのかと思っていたが、そんな予想とは裏腹に、自身の運命を受け入れたかのように静かにしている。

ブレイブ領は貴族に捨て地と呼ばれ嫌われているので、箱入り娘はもっと絶望しているとばかり思っていたし、死んだ兄さんたちの婚約者たちだって恐怖《きょうふ》に染まった顔で屋敷を訪《おとず》れていたのだ。

なんか、思っていたのと違う。

何もかもを諦めたような彼女の表情は、捕虜《ほりょ》にした敵国の兵士とよく似ていた。

そんな表情をした人間が、これから先の未来で悪魔と契約《けいやく》してまで主人公たちの邪魔をするとはとても思えず、かなり拍子抜《ひょうしぬ》けだった。

悪魔に唆《そそのか》されるには心の中に闇《やみ》が必要で、今の彼女はゲームの中で見た禍々《まがまが》しい邪悪《じゃあく》な黒い感情が一切なく、燃え尽《つ》きたように真っ白だ。

「あ、ちょっと待ってくださいね」

屋敷に向かうアリシアを呼び止めて、彼女の肩を払《はら》う。

「……なに？　埃でもついてたかしら？　悪かったわね、古い服なの」

「いや、うちの方がもっと埃っぽいので十分上等ですよ」

「ええ……」

俺の言葉に少しだけ嫌そうな顔をするアリシアだが、そっちの方が人間味があった。

うーん、意外と話せて不思議だな？

ブレイブ家の方が格下だから悪役令嬢というポジション上、色々嫌味《いやみ》を言われると思っていたのに話が通じてしまう。

この様子は平民に負け、婚約破棄され、培《つちか》ってきたプライドがズタズタになった今だけなのだろうか？

この後、改めて復讐に燃える展開でもあるのだろうか？

俺の破滅を回避するためには、ずっとこの調子で塞《ふさ》ぎ込んでいて欲しいとは思うのだが、学園に戻り何かの拍子《ひょうし》で復讐心《ふくしゅうしん》が再燃したら手に負えない。

今のうちに何とか心変わりしていただくに限る、そう思えた。

「アリシア様、ようこそブレイブ家へ。お疲《つか》れだと思います。狭《せま》い部屋ではありますがお休みになられてください」

彼女は俺の言葉を無視して屋敷へと入って行った。

アリシアの背中を笑顔で見送りつつ、先ほど肩を払った時に捕《つか》まえていたモノに目を向ける。

手のひらでは、小さな黒い芋虫《いもむし》が苦悶《くもん》の鳴き声を上げて蠢《うごめ》いていた。

「ギギ、ギ……」

俺が彼女を見た時に思わず「うわっ」と口にしてしまった原因で、ブレイブ家では魔虫と呼んでいる小さな悪魔みたいな存在。

この魔虫《まちゅう》は呪《のろ》いを秘めていて、人に取り憑《つ》いて悪さをする。

毒やら麻痺やら精神汚濁《おだく》やら、不治の病と呼ばれている症状《しょうじょう》の正体みたいなものだった。

これが取り憑いている奴は碌な人生を送れない。

そんなとんでも魔虫がびっしりと、数で言えば百匹《ぴき》くらいアリシアにまとわりついていたのだった。

「はあ……まったく恨まれたもんだな？」

誰かの恨みが元となって勝手に生まれる厄介な存在。

それだけの事件を起こしてしまったのだから仕方がない。

しかし、大量の魔虫に取り憑かれていたら常人ではまともに思考も出来ないはずなのだが、彼女は特に病むこともなく落ち着いていた。

「逆に魔虫で静かになってるとか？」

いや、そんなことは万が一にもありえないと首を横に振《ふ》る。

魔虫に取り憑かれた人間は、もっとこう病的に何かを妄信《もうしん》するようになってしまうのだ。

「あー、少し考え方を改める必要がありそうだな」

そこまで考えて少しだけ合点がいった。

仮にも国の王太子と婚姻を結び、ゆくゆくは王妃《おうひ》となるべく高度な教育を施された公爵令嬢が平民と決闘騒ぎなんか起こすものか？

仕来りを重んじてきた俺たちの上の世代、親たちがそんなことを許すわけもなく、令嬢側につくのが普通だと思う。

一応貴族としてこの世界で十五年生きてきて、それがわからないほど俺はバカじゃない。

「はあ、乙女ゲーの世界は常々《つねづね》そんなもんか」

ご都合主義にも程がある、と溜息《ためいき》が出た。

平民と貴族との恋愛を成就《じょうじゅ》させるには、超《こ》えるべき壁《かべ》がたくさんあるのだが、まずは恋敵《こいがたき》を、敵を作らなきゃいけない。

製作陣《せいさくじん》が俺たちゲームの購入者《こうにゅうしゃ》に楽しんでもらうために、立場の違いを歪《ゆが》めてしまえる何かを作り出したんだろうな、そうなってしまうように。

そう考えるとこの世界は本当にとことん歪《いびつ》に思えてきた。

ご都合主義のせいで自分の命が危ぶまれているなんて最悪である。

「これからどうしようかな……いやどうするもこうするも現状あれを嫁として迎《むか》え入れて来月には学園に通うハメになるのか……？」

魔虫の数は、周りから向けられる悪意や敵意や害意であると言っても過言ではなく、そんな女と一緒に学園生活か。

ぜ、絶望だ。死にに行くようなもんじゃないか。

魔虫を仕向けた誰かが別にいて、そいつの都合のいいよう動くことを強制されていた場合、心変わりさせたら俺まで命を狙《ねら》われる。

「ヤバ過ぎだろ」

どっちに転んでも破滅が待ち受けているとするならば、せめて心を入れ替《か》えてもらう方が気分がいい。

ほら、せっかくの縁談だし、美人だし、巨乳だし。

頑張って元婚約者への思いを振り切って立ち直ってもらい、それから襲い来る敵をぶち殺して回る方が正義感がある。

となれば、彼女は俺の攻略対象みたいなものだろうか。

「うん、そうだな！　正式に婚約を結んだようなもんだし、何とか振り向いてもらうしかないね！」

最初はどこかでそっと死んでもらうのが手っ取り早いと思ったのだが、実際に顔を見てみれば百以上の魔虫に耐《た》えうる程の強い女だ。

運命という名のご都合主義に振り回される姿を見てしまって、俺の中での物騒な思いはいつの間にか消えていた。

「どんな状況でも前を向けって、そう言われたじゃないか」

今は亡き親父に。

いずれは国を出て、ブレイブ家とは関係なく暮らしていこうと思っていたのだが、別に家族が嫌いなわけでは一切ない。

むしろ大好きだ。

こうして生き残ってしまったからには、戦で華々《はなばな》しく散っていった家族の後を継ぐのが残された俺の役目なのである。

子供をこさえてブレイブ家を存続するのが手向《たむ》けなのだ、ゴクリ。

「頑張るかあ……」

魔虫をギュッと握りつぶして殺しながら俺は覚悟を改める。

ん？　なんで呪いである魔虫を握りつぶせるのかって？

ブレイブ家だからできるに決まってるだろ、セバスもできるぞ。

◆◆◆

アリシアが家にやってきて五日ほど経《た》った。

この間、彼女の動向を注意深く観察していたのだが、暴れることも悪態を吐くことも一切なく、今のところは大人しく過ごしていた。

部屋に籠《こも》りっきりとなっている現状、まだ食事を共にしていないので喋《しゃべ》る機会もなく、本人が何を考えているのか一切わからないのだが、別にろくでもないことを考えてそうな雰囲気《ふんいき》はない。

安堵《あんど》するとともに、新たに出てきた別の問題に俺は直面していた。

「あー、うざい」

俺は、雑務の傍《かたわ》らアリシアの観察日誌を付けると同時に、日々魔虫の駆除《くじょ》に追われていた。

彼女に取り憑いていた魔虫が家のあちこちに散らばっていて、それを見つけては潰しの繰《く》り返しで頭がおかしくなりそうだ。

魔虫は直接くっつける以外にも本人の髪《かみ》など触媒《しょくばい》を用いた魔術によって遠くから飛ばすこともできる。

故に、引っ切り無しに魔虫が我が家に飛ばされてきて、ビタビタビタと屋敷の窓に張り付いてモゾモゾモゾと蠢いているのだった。

「しっしっ」

「苦労しておりますな、坊っちゃん」

目障りになるくらい溜まったら窓を開けて一掃《いっそう》する俺の様子をセバスが面白《おもしろ》そうに見つめている。

「セバスも見えてるだろ、手伝えよ。とんでもない数なんだよ」

春先とか大量に湧《わ》いて窓や壁に張り付くカメムシを思い出した。

カメムシは捕まえると不快な臭《にお》いを出すが、魔虫も潰すとちょっとだけ呪いが噴出《ふんしゅつ》して不快極まりない。

しかもそのどれもこれもが精神汚濁系の呪いばかりでうんざりした。

明らかにアリシアを狙った誰かが、彼女の中の復讐心を利用しようとして飛ばしている。

「まあ、坊っちゃんなら平気でしょうこの程度」

「当たり前だ」

たったこれっぽっちの魔虫でブレイブ家の血筋が呪われることは、万が一にもありえない。

もっと強い精神汚濁系の能力を持つ魔物とも戦うし、さらに敵国が外道《げどう》とも禁忌《きんき》とも言われる精神作用系の魔術を用いて攻撃《こうげき》を仕掛《しか》けてくることもあるからだ。

対抗《たいこう》手段として、痛みによる覚醒《かくせい》方式をブレイブ家は推奨《すいしょう》している。

死ぬほど痛い目にあって死の恐怖を知覚し慣らしておけば、ちょっとやそっとの精神攻撃には動じなくなるのだ。

「でも雑務に追加してこれの駆除はちょっと……」

「でしたら女々《めめ》しく日誌なんかをつけてないで、ずっと傍《そば》にいて駆除を続ければ手っ取り早いですな？　坊っちゃんと常に一緒にいればいずれは魔虫も寄ってこなくなりますし」

「いやぁ……でも、いきなり距離を詰め過ぎるのもちょっと……」

「呪われた婚約者を守る恋愛物語を演じるくらいの気概《きがい》を見せてくだされば、誰かが雑務を代わってくれますよ」

「そんなこと言われてもな……」

ブレイブ家は代々《だいだい》そっち方面はからっきしだ。

女より戦場であるが故に、どう対応すれば良いのかわからない。

「嫁いできた女性は基本的に絶望してるし、あの戦闘馬鹿《ばか》の親父からどうやって俺が生れたのかすら未《いま》だにわからないんだが」

「ふーむ、私からアドバイス差し上げるとしたらですが……そうですね、今は亡き長男様が生れたのは、隣国《りんごく》との決戦で先代様が生死を彷徨《さまよ》う傷を受けてから一年後ですね」

「そ、そうなんだ……」

急に告げられた親父の情事。

死にかけた後って、後継を残すために生存本能でも働くのか？

「坊っちゃんが生れる切っ掛《か》けは、魔族《まぞく》と一騎《いっき》打ちして片目を」

「ああもう、うるさい！　うるさいよ！」

親のそういった話をあまり聞きたくはなかった。

血を受け継いでいる俺もそんな風になってしまうのだろうか。
ケ、ケダモノじゃないか。
今まで捨てられたような格下貴族相手だったから問題にならなかったのだろうが、公爵令嬢にそんなことをしてしまった日には、何かの罪をでっち上げられて処されてもおかしくない。

恐怖だ、恐怖。

騒ぎを起こして嫁がされたとはいえ、無礼なことをすれば伯爵家としての立場がどうなるかわからないくらいの人物には変わりない。

「では、ずっとこうしてちまちま魔虫の駆除を続けるんですか？」

「んぎぎ……」

相変らず弱いところを的確に突っついてくる嫌な執事だ。

直接つけられたのならばまだしも魔虫が飛んできてしまうのは本人の心の問題でもある。

なんとか立ち直らせなければいけないのだが、貴族の女心なんて理解したこともなければ、むしろ偏見《へんけん》に塗《まみ》れてしまっている俺に何ができると言うのか。

俺は覚悟を決めた。

「たった五日前に出会ったばっかりの女性といきなりそんな関係になるのは無理！　この問題は非常にデリケートなんでゆっくり対処する！」

「やれやれ覚悟を決めた表情で何を言い出すかと思えば……一か月後には関係性も周知され同じ学園に通うというのに先が思いやられますな」

「ち、ちくしょう！　魔虫が全部悪いんだ！　誰だよこんなにたくさん飛ばしてくるの！」

潰しても潰してもどっからでも湧いて飛んでくる。

慣れないことの連続で頭がおかしくなりそうだ。

「……いっそのこと飛ばしてる方向を辿って殺すか？」

一か月もあれば場所を特定して殺すことができる。

元を断たねば止まらぬのならば、元を断とうではないか。

「ダメですよ。ブレイブ家が大義名分を得られていませんから、騒ぎを起こせば逆にこちらがおとり潰しです。坊っちゃんには、ブレイブ家の存続という使命がございます」

それを言われるとどうしようもなかった。

俺は覚悟を改める。手のひらくるくるだ。

「セバス手を貸せ、何とか頑張るぞ。俺はレディの扱いに疎《うと》いから、そこは執事としてしっかりサポートしてもらわないと」

「男らしくはない覚悟ですな」

「うるさい、下手なことして嫌われたらおしまいなんだぞ！」

「具体的に私に何を手伝わせるつもりですかな？　坊っちゃんは坊っちゃんですから、そのまま等身大でぶつかれば良いじゃないですか。変に取り繕っても信頼《しんらい》は得られません」

「等身大か……でも一緒にダンジョンに行っちゃダメなんだろ？」

「はい、それは危険ですので」

「じゃーどうしたらいいんだよおおおおおおおお！」

二進《にっち》も三進《さっち》も行かなくなった俺は、ゴッゴッゴッとブレイブ家の力にも耐えうるように作られたとにかく丈夫《じょうぶ》な机に頭を叩きつけた。

書類仕事とか雑務を多少できるってのは、前世で培った基礎《きそ》教育の記憶を持っているからである。

恋愛？　悲しいことに前世でもした記憶がないね！

で、こっちの世界に生まれてからはどうだ？

「三歳から戦いの英才教育を施されてきたクソガキだぞ！　周りと遊ぶ暇もなく！　魔物討伐《とうばつ》に戦争！　兄弟付き合いだって喧嘩《けんか》か鍛錬《たんれん》！　ってか同年代の女の子だってアリシアさんが初めてなんだよ！」

ハァハァ……恋愛ってなんだよ……青春ってなんだよ……。

年頃の男ができる遊びって魔物を討伐したり、敵国の間者を見つけて殺したり、そのくらいじゃないのかよ。

知ってるさ、ブレイブ家が一般《いっぱん》世間からかけ離れたブレイブ領の中でもまたさらにかけ離れた存在だってことなんか。

それでも無い頭を捻《ひね》って何とかしようと頑張ってるじゃないか、できるだけ穏便《おんびん》に、血みどろは一切無いように。

「ハァ……でも我慢《がまん》の限界を迎えたら止めても意味ないからな……？　魔虫を飛ばす不届き者を血祭りにあげてやる」

「まあそう殺気立たないでください。私に一つ案がございますので」

荒《あら》ぶる俺を冷静に見つめながら、セバスは言葉を続ける。

俺が生れた頃から面倒を見ているくせして、わざと弄《いじ》りに来るとは本当にどうしようもない執事だ。

「それで案って何さ？」

「アリシア様を町案内にでも誘《さそ》ってみてはいかがでしょう？」

「町案内？」

「案内程度でしたら坊っちゃんでもできて、そこまで危険でもありません。いつまでも部屋に引きこもってるわけにもいかないと連れ出す理由としてはもってこいかと」

「なるほど」

「連日働き詰《づ》めでしたし、そろそろ休養を取っても良いでしょう」

連日慣れない仕事に追われていた身からすれば、休養という言葉はなんとも甘美《かんび》な響《ひび》きだった。

ダンジョンへ遊びに行けないのは少し残念だが、先にブレイブ領を知ってもらうのが重要なので、頑張って公爵令嬢様を喜ばせるとしよう。

「セバス、ちなみにこの町で見るべきものとかあるのか？　観光とかできそうな場所。俺は知らないけど実はあるのか？」

「ないです」

「だよな」

町案内と聞いてどこに連れ出せばいいのか案を貰《もら》おうと一応聞いてみたのだが、予想通りの返事が返ってきた。

我が領地ながら、本当にどうしようもない。

「どこへ行っても荒くれ者のたむろする場所くらいしかないですね。どの兵士や冒険者が次死ぬか、みたいな賭け事などは盛んです。ちなみに先代が戦死して大金を手にした者もいたとか」

「とんでもないな。で、誰だそいつ教えろ殺すから」

「もう処分しておきました」

「あっそ」

うん、やっぱりとんでもない。でもここではそれが普通なのだ。

人の命はとことん軽く、だからこそ捨て地と呼ばれているのだ。

「町案内をしたとして、逆に引かれてしまわないだろうか……？」

「ある意味、ブレイブ家一世一代の賭けですな、ハッハ」

笑いごとじゃねぇ！

「ま、まあ一応自然は豊かだし？　安全な場所に連れてってみるよ。ブレイブ領の大自然を前にすれば嫌なことなんて吹《ふ》っ飛ぶだろうさ」

「都会のうら若き令嬢様が、はたして木々と魔物しかないような場所を楽しめますかな？」

「ねえ、なんで一々そういう事を言うんだ？」

こいつは本当に性格が悪い。

「厳しく育てよ、と先代様から仰せつかっております故」

「クソだ！」

笑顔で髭《ひげ》を撫《な》でる姿を見て、こいつが死ぬのに大金賭けてやると固く胸に誓《ちか》った。

◆◆◆

翌日、休みを貰った俺はさっそくアリシアを誘うべく部屋の前に立っていた。

部屋をノックする前に、屋敷の隙間《すきま》から侵入《しんにゅう》してドアに張り付く魔虫の群れを潰しながら一旦《いったん》考える。

「うーん……いきなり朝から押し掛けるのも気持ち悪いか……？」

食事もまだ一緒に取る仲じゃないし、拳《こぶし》を突き合わせたわけでもない。

町案内がてら親睦《しんぼく》を深めようというセバスの案だが、その前段階をどうすればいいのかで足踏《あしぶ》みしていた。

「坊っちゃん邪魔ですよ」

「む？　アリシアの朝食か？」

侍女からアリシアの朝食を載《の》せたワゴンで踵《かかと》を小突《こづ》かれる。

ガッガッガッ。

「あの……やめて欲しいんだけど、踵小突くの……」

「そんなところに突っ立ってる坊っちゃんが悪いんです。人手不足ですぐ次の仕事をしなければなりませんので退《ど》いてください」

どいつもこいつも俺が次の領主確定だってのに、なんなの？

しかし、ワゴンを見て閃《ひらめ》いた。

「代わりに届けておくから次行っていいよ」

「そうですか、ではお願いします」

本当に忙しいのかさっさと次の仕事へ向かう侍女をしり目に、俺は閃いた作戦を実行に移す。

知ってるぞ、学園ではお茶会とかいう交流パーティーがあることを！

だったら真似《まね》事をしてみようじゃないか。

朝食に舌鼓《したつづみ》を打ちながら優雅《ゆうが》にコーヒーを飲んで会話に花を咲《さ》かせる行為《こうい》……そう女の子はみんな大好きモーニングだ！

「アリシア様、おはようございます朝食です」

さっそくノックをするのだが返事がない。

ここでガチャッと扉を開けて中に入ってしまえば楽なのだが、相手が女性だとそうもいかないので、ノックを続ける。

ドンドンドン！　メキメキメキミシミシミシ！

「みんな大好きモーニングですよ！　一緒に食べましょう！」

「起きてる！　起きてるから入っていい！　ドアが壊《こわ》れる！」

良かったちゃんと起きているみたいだ。

死ぬ勇気もない下級のカス貴族と違って、教育を受けた才女ならば覚悟を決めて自害もありうるかと一瞬《いっしゅん》心配したのだが大丈夫っぽい。

「失礼しまーす」

ワゴンを押して部屋に入ると、少しげっそりとした表情のアリシアが椅子《いす》に座って俺を睨みつけていた。

「乱暴ね、ドアが壊れたらどうするの？」

「壊れたらまた直せばいいんですよ。ブレイブ領なんてしょっちゅう壊されますからね。おかげで修理が上手になりました」

子供の頃は兄弟喧嘩《げんか》で家のあちこちが壊れていたし、戦争が始まれば近隣《きんりん》の村は焼け野原になることも多く、魔物の暴動でも簡単に。

それでもブレイブ領に生きる人々は、まさに雑草のようなしぶとさを持っていると言えるだろう。

「そ、そう……貴族なのに修理……」

「そんなことより！　ささ、朝食です」

侍女が用意したハムサンドは、新鮮《しんせん》な野菜やら柔《やわ》らかいパンが使われており、とてもおいしそうだった。

ブレイブ家の男児は、基本的に魔物を食べさせられるため羨ましい限りである。

普通に毒だが、幼少期から食べなれていれば意外と平気になるのだ。

「そんなことよりって……」

「女性と朝食を共にすることなんて初めてですので無作法もあるかとは思いますが、その都度ご指《し》摘《てき》いただけると幸いです」

ワゴンからテーブルへと朝食を移し、コーヒーを淹《い》れる。

「ミルクは入れますか？　砂糖はどうします？　女性は甘《あま》いコーヒーがお好きだとブレイブ領では言われておりますが？」

ずっと黙《だま》っているので喋り倒していると、アリシアは呟いた。

「……飲んだことないからわからない。家では紅茶が普通だったし」

「そうなんですか」

コーヒーを飲まないなんてもったいない。

この世界には普通に安く流通しているし、むしろ紅茶が高過ぎて買えないからウチはずっとコーヒーなのである。

貴族的には、コーヒーなんて安物よりも高級な紅茶が良いって話か？

ダメダメ、紅茶じゃ力はでないよ。

朝からカフェインぶち込まないと書類仕事なんてやってらんないのさ。

不眠《ふみん》不休で戦うこともあるブレイブ領じゃ、安いコーヒーは強さの源だったりするのである。

「紅茶を準備できなくて申し訳ない、何せ辺境の田舎《いなか》領地なもので」

「……別に気にしてない」

本音を隠して取り繕う俺に、アリシアはそう言葉を返すと文句も言わずに出されたコーヒーをグッと口に含《ふく》んだ。

郷に入っては郷に従えとはよく言うが、実践《じっせん》できる人は少ないので、文句を一切言わずに飲むとは中々良い女じゃないか。

「ゴホッゴホッ、に、苦い……」

顔を真っ青にして咳《せ》き込むアリシア。

「いきなりブラックで飲むからですよ。最初は甘い物でいきましょう」

飲みなれてないとそんなもんだよな？

飲みなれている物を出したいとは思うのだが、紅茶は支援の対象外であり辺境ではべらぼうに高いので我慢してもらうしかない。

「……あ、甘い、これなら飲めるかも」

「甘くないコーヒーは、寝る前に飲むと眠《ねむ》れなくなるので注意してくださいね。うーん、このまろみ」

お気に召《め》したようなので俺もコーヒーを味わう。

書類仕事をする際は朝からブラックを飲むが、俺は根っからの甘党《あまとう》だ。

ミルクだかコーヒーだかわけがわからなくなった甘ったるい飲み物を飲むのが、辛い異世界の癒《いや》しなのである。

「食べて少ししたら人を寄越しますので着替えて外にでも出ましょう。部屋に籠りっきりなのは心身ともに良くないですから」

辛い時は運動して忘れるのが一番だ。復讐心を魔物にぶつけたって良い。どれだけ殺しても湧き出してくるからね？

「……気になっていたのだけど」

カップを両手に、俺の顔をジッと見ながらアリシアは問いかける。

「何故、使用人がいるのにわざわざ貴方が？」

「単純に人手不足だからですよ。必要とあれば使用人も戦いますし、この間それでほとんど戦死してしまいましたから」

「……そう」

普通に答えるとアリシアは息を飲んでいた。

ここが捨て地と呼ばれる理由を実感したのだろうが、心配しなくても良いさ、ブレイブ家は最前線に立つ義務があるが女性はそうじゃない。

もっとも、立ちたいのなら立てばいい。

そういった女性はこの地ではかなり好まれる。だから――

「――アリシア様、貴方は立派な人だ」

彼女の左目付近に掛かった髪を持ち上げて火傷を見る。

「っ」

思い出したくない傷だろう、だから目を伏せて拒《こば》むのだろう。

だが俺はそれを認めている。

「ここでは誇りを胸に戦った証《あかし》で、勇気の象徴《しょうちょう》ですよ」

死ねば終わりだ、だが生き残った。

ブレイブ家では、死のない敗北は負けではなく、しぶとく生き残りまた立ち上がることこそ誉《ほま》れなのである。

「もちろん俺にもありますしね」

前髪を上げて額の傷を見せる。

幼少期にオークにやられた額の傷は、未だに残っていた。

あの時、俺は戦いの恐怖を知って、克服《こくふく》して、今がある。

「ここでは傷を否定しない。むしろ誇りに思うんですよ」

そこまで告げて、アリシアにとんでもなく顔を近づけていることに気が付いた。

火傷の痕を見るだけだったのだが、彼女が逃《に》げようとするから思わず頭部を負傷した兵士を見る時の要領で乱暴に顎《あご》を掴んでしまっていた。

「ハハハ、まあでも今回俺が朝食を運んだのはこうしてあなたとお話するためでもありますよ」

パッと手を放して話題を変える。

「荒くれ者ばかりの何もない領地ですけど、それでも自然は豊かなのでぜひとも一緒に歩きませんか？　自然を前に、人の争いごとなんてこの地ではちっぽけなもんですし」

「ちっぽけ……」

そう、大自然を前にして俺たち人間なんてちっぽけな存在なのだ。

ドラゴンだって、フェンリルだって、巨人《きよじん》だって、そんなもんだ。

たかが貴族同士の決闘なんて、さらにちっぽけだ。

「……行く」

そんなことを考えているとアリシアはぽつりと言葉を溢《こぼ》した。

「ぜひ、この地を案内してもらえるかしら？」

「ええ、よろこんで」

真《ま》っ直《す》ぐ俺を見る彼女は、五日前とは違って良い眼《め》をしていた。

俺の好きな瞳《ひとみ》だった。

◆◆◆

ブレイブ領は、近場に巨大《きよだい》な山脈を持ち、そこには貴重な薬草や鉱石が多く存在している。

豊かな自然を前に、どうしてこうも貧乏《びんぼう》なのかと言えば、山脈には魔物がうじゃうじゃと潜《ひそ》んでいるからだった。

とんでもない数の魔物に加えて、隣国も定期的に攻めてくる。

そのせいで開拓は進まず、むしろ魔物が増え過ぎて災害になるレベルだった。

そんな超絶《ちょうぜつ》危険な場所なのだが、人の手が入っていない大自然がたくさん残されている。

王都では見ることも聞くこともないような植物や鉱石もあった。

いつかきっと魔物を根絶やしにして現代知識チートを用いてこの世界にて一旗揚《あ》げてやろうとは思ったけど、戦いしか知らない三男坊《ぼう》の俺が自然に勝てるはずもなく諦めた。

「人の手に負えない、それがこのユーダイナ山脈なんですよ」

一緒に山の中へとやって来たアリシアにそう説明すると、彼女は息も絶え絶えと言った様子でげっそりとしていた。

獣道《けものみち》を歩いてきたのだからそりゃ疲れもするだろう。

余計な思考ができないように疲れさせる目的だったのだが、俺にここまで付いて来れるとは、さすがは高等教育を受けた公爵令嬢だ。

調子に乗ってついつい奥《おく》に来てしまった。

「そ、そんな危険な場所に連れてきて、どうするの……？」

「婚約者を殺すなんて真似はブレイブ家の恥《はじ》ですよ」

疲れながらも説明を律儀《りちぎ》に聞いて、少し怯《おび》えた様子を見せるアリシア。

事故死を装ったとしても、危険な場所に連れて行った俺は責任を取らされるハメになるだろうしな。

「歩こうって話もこんな山の中じゃなくて町の中だと思ってた……他にお店だったり、自然を利用した特産品だったりの紹介《しょうかい》とか……」

「ハハハ、そんなもんないですよ」

「ええ……」

セバス直伝の笑顔を見せると、アリシアはどっと肩を落としていた。

俺に対して笑顔を作る時、こんな感覚だったのかと少し楽しい。

「アリシア様、ここへ来る途中見たでしょう？　町には荒くれ者しかいないですよ？」

冒険者という存在が数多く、どいつも観光ではなく魔物が目的だ。

彼《かれ》ら向けのサービスは、華《はな》やかなものより実利のあるものとなる。

飯が食えればいい、酒が飲めればいい、武器の手入れができればいい。

魔物を討伐して得たものを売買できればそれでいいのだ。

とりわけ素行の良い連中でもなく、観光事業なんて栄えるはずもない。

金持ち貴族は怖《こわ》がって来ないし、来ても絶対面倒なことになるだろう。

そんな連中だが、金を積めば戦いに赴いてくれるから便利だった。

「下手に領地を飾《かざ》っても今更荒くれた連中には受け入れられないし、敵から魅力《みりょく》的だと思われれば被害《ひがい》は増えるので、ね」

じゃあなんで小競り合いが続いているのかと聞かれれば上が煽ってるからなのが現状だった。

そうすることで他に戦力が向かないように上の連中が仕向けている。

だから王都は平和なんだ。

確証はないけど、国家間で秘密裏に取り決められているんじゃないかと俺は考えている。

代わりに高級ではないがそれなりな食糧とか、武具とかを支援してもらっているという形か。

ハハ、ガス抜《ぬ》きで人が死ぬんだぜ？

なんとも可笑《おか》しな話だ。

ゲーム内の秩序《ちつじょ》というか、舞台装置を動かすためだけに犠牲《ぎせい》になっていると、そんな気がしてならない。

「唯一の娯楽《ごらく》というか、次に誰が死ぬかの賭け事は人気ですね」

「そ、そう……」

「一か月前に俺の親父が戦死することに賭けて儲《もう》けた奴がいたとか」

「……」

さらっと告げるとすごく嫌そうな顔になったが、事実だから仕方ない。

でも話題の振り方を間違《まちが》えてしまったかな？

「女性に対してする話じゃないですね、失礼しました」

「い、いや大丈夫。それがこの地で普通なら……」

無理やり話を飲み込んで、わざわざこの地に馴染《なじ》もうとしてくれてるのをひしひしと感じたので言っておく。

「あんまりここの普通に馴染むのもどうかと思いますよ」

「なっ！　せっかく受け入れようとしてるのに！」

「受け入れようと思って受け入れられるほど甘くないですしハハハ」

息巻くアリシアをセバススマイルで笑っておく。

「なんなのよ、貴方……」

ここまでの道中、ぽつりぽつりとそれなりに話をしてきた。

学園で何が起こったのかなんて聞けるはずもなく、ここは十年くらい前に全部燃えましたとか、この石壁《いしかべ》の黒ずみはドラゴンのブレスで影《かげ》まで燃え尽きた酔《よ》っ払《ぱら》いの跡《あと》ですとか、町の情報を当たり障りなく。

アリシアは、俺の話に黙って耳を傾《かたむ》けて、時折馬車の窓から視線を動かしてくれて、興味が一切無い感じではない。

だいぶ困惑《こんわく》していたけど、初めてにしては上出来じゃないかと俺は心の中でガッツポーズをする。

「はぁ……」

イイ感じに会話が弾《はず》んでいるので、額の汗《あせ》を拭《ぬぐ》い溜息を吐きながら樹木に背中を預けるアリシアに言う。

「俺だって未だに受け入れてないですし、受け入れたら死にますよ」

ここには大量の魔物がいて仕方ないし、隣国が攻めてきてみんなが殺されるのは当たり前だ、なんて受け入れるもんじゃない。

どちらかと言えば抗《あらが》い続けている、生きるために。

「ただ、深く知ることは大事です」

「深く、知ること……」

ブレイブ家流の物事の捉《とら》え方。

「敵も味方も同じ大地の上を生きる者同士なのだから、侮らず過信せずどちらも深く知り備えよ――生き残りたければ」

彼を知り己《おのれ》を知れば百戦殆《あやう》からず、って言葉と同じだ。

「アリシア様、基本的には受け入れ難《がた》い土地ですが、深く知ることでまだマシにはなりますよ」

何のために戦うのか、誰《た》がために戦うのか、どうして勝ったのか、どうして負けたのか。

それを知ることは大事だ。

家族が戦死してしまったこの状況で、悲しみにくれていないのはそれが理由だった。

みんな、自身の誇りを貫《つらぬ》き通すために戦って散って行ったと知っているから悲しくなんかない。

「この地を知った上で、みんな戦っていますよ。全部自分で決めて」

「そうね」

思うところがあったのか、アリシアは真面目《まじめ》な表情で頷《うなず》いていた。

「住んでる方々《かたがた》の顔つきも見ていたけど、噂《うわさ》に聞いていたような場所じゃないなって思った」

「悩《なや》んだ末の決断を、ブレイブ領の者たちは笑わないですから」

不思議なことに、荒くれ者でもそういう部分は大事にしている。

「まーた何か湿《しめ》っぽい感じになっちゃいましたね？　笑って済ませて良いですよ。生き死にを賭けて笑い話にするような場所ですし？」

「笑えって言ったり、笑わないって言ったり、意味不明ね」

「それだけ刹那《せつな》を生きてるってことですかね？　ハハハ」

いつ死ぬかもわからない土地柄だから、みんな金遣《かねづか》いが荒いんだ。

愚痴をこぼすアリシアだが、少しだけ顔つきは柔らかくなっていた。

それが自然な表情なのか、悪役令嬢とはとても思えないものだった。

「あ、もうすぐですよアリシア様」

喋りながら山を登って、必死についてくるアリシアの手を引く。

「ハァハァ……山に入ってからもうすぐと言い続けてるけれど、そろそろ貴方の言葉が信じきれなくなりそうよ……ハァ」

白くて柔らかくて、軽い。

もう少し健康的な方がブレイブ家的には良い女性とされるので、食べさせよう肥えさせよう。

「次こそもうすぐです。公爵《こうしやく》家では山登り崖《がけ》登りなんてやらないと思いますので、慣れてないから長く感じるだけですよ」

「慣れたいとは思わないわね……」

「でも慣れてしまうのが俺たち人間ですからねぇ……」

異世界ファンタジーだなんて息巻いて、その現実は血みどろの世界で人の命はとことん軽いと来たもんだ。

現代社会シティーボーイだったはずが、知らない内に人を殺すことにも慣れてしまっている俺がいる、悲しいことに。

「気の抜けた表情をしてるところ悪いんだけど、早く引き上げて貰える……？」

「おっと、すみません」

崖を上る途中、手だけ握って宙吊《ちゆうづ》り状態のアリシアを忘れていた。

それだけとんでもない異世界転生劇だったって話か、今のアリシアと同じように顔面蒼白《がんめんそうはく》だった。

「わ、ぁ……」

崖から引き上げると、アリシアは思わずそんな声を漏《も》らしていた。

正面には、まだまだ高くそびえる山脈があるが、振り返ると今まで俺たちが歩いてきた森とその先に広がるブレイブ領を一望できる。

「俺のお気に入りの場所です。どこにでもあるような景色で王都と比べて見劣《みおと》りするかもしれませんが、俺は好きなんですよね」

建物や畑や川が、まるで箱庭のように小さく見えて、それ以外には何もないと言われてしまえばそれまでだが、逆にそれが良いんだな。

前世でストレス社会を生きていたせいか、こうした風景には心を洗われるのである。

いつかパラグライダーを作ってここから飛び降りてみたい。

「ではアリシア様、散々《さんざん》歩いてお腹《なか》も空《す》いているでしょうし、ここで軽食でも取りましょうか」

ぎゅっと胸の位置で手を握りしめ、黙って景色を見つめていたアリシアは言う。

「ちっぽけ、ね」

「でしょう？　ここから見える建物って小さ過ぎて指で弾《はじ》いたら簡単に崩《くず》れてしまいそうで。あ、ちなみに向こうで倒壊《とうかい》してる民家は、前にギガノトスっていう巨大な魔物が本当に指で弾いて壊しましたよ」

「……そういうことじゃないわよ」

違うのか。ブレイブ家流魔物ジョークだったのだが、乙女心《おとめごころ》はやっぱりわからない。

「ラグナ様、貴方に一つ聞きたいのだけど」

「呼び捨てで良いですよ。滅多《めった》に様付けされないので慣れてないです」

セバスのせいで坊っちゃんが浸透《しんとう》してしまっているから、家督を継ぐってのに使用人はみんな様付けしないんだ。

呼び捨てにしていた家族は、もう全員死んでる。

「なら私のことも呼び捨てで良い、敬語もいらない」

「いやさすがにそれは……一応格式が」

「ここだとそれも些細《ささい》でちっぽけなことでしょう？」

苦笑《にがわら》いする俺に対して、アリシアはしてやったと少し笑っていた。

必死に彼女に取り憑いていた魔虫が、笑うたびにぽろぽろと剥《は》がれ落ちていくのは良い傾向《けいこう》である。

「それもそうか」

だから俺も素直に敬語を止《や》めることにした。

公の場以外では、使わなくても良いってくらいにしておこう。

「ねぇラグナ」

ブレイブ領を見下ろしながらアリシアは言う。

「散々悩んだ上で決断して、その結果も受け入れようと努力して、それでも……それでもどうしようもなく後悔《こうかい》してしまった時、貴方ならどうする？」

笑顔は消えていて、魔虫が息を吹き返したように這《は》いずっている。

どういう決断だったのか、とここで聞くのは無粋《ぶすい》だ。

きっと学園での出来事を言っているんだろうし、ここの回答次第では破滅ルートが待ってそうだ。

「時が解決するって回答は……綺麗ごとかな？」

「……」

アリシアは黙って聞いているようなので続ける。

「何かを決断したらもう一方を選べなくなるのは当たり前のことで、恨みを晴らしたとしても戻ってこないよ」

前の人生然《しか》り、死んでしまった家族然り、どうしようもないものはどうしようもない。

家族が戦死したと聞かされた後、俺は周りに止められる中で敵将を追いかけて仇討《あだうち》した。

圧倒的《あっとう》に不利な状況で、兵に犠牲が出ても、止まらなかった。

だからうちの使用人は数えるほどしかいない。

戦死は名誉《めいよ》で、不利な状況で仇討するのは馬鹿のやることだと叩き込まれてきたけれど、それまで一緒に過ごしてきた家族が亡くなってしまったのはやるせなかった――

「――どれだけ当たり前だと思っていても後悔はするんだよ。でも、その時に気が付いたんだ。そう思えるほど愛してくれてたってことと、まだ残ったみんながいることにね」

目の前に広がるブレイブ領。豆粒《まめつぶ》ほどになって街中へと駆け出していく使用人や畑仕事に向かう領民たちを見ながら言葉を続ける。

「何もなくなったわけじゃないし、まだ残ったものがたくさんある。だから俺はなりたくもない貴族を頑張ろうと思うし、行きたくもない学園に行こうと思ってるんだよね」

シナリオ的に、この国は色んな厄災《やくさい》や戦火に見舞《みま》われる。

戦争の場になったり、魔物の災害の舞台になっているというのに、ブレイブ領はゲームでは聞いたこともない領地で脇役《わきやく》以下の扱いだ。

抗いたい、この運命に。

愛した家族が、第二の故郷が、クソみたいな展開の踏《ふ》み台にされてしまってたまるか、と言うのが胸に秘めている大事な決意だった。

まっ、言わないけど！

大切な気持ちを胸に秘めておくと内側から力がみなぎってくるってのがブレイブ家の言い伝えさ。

「……何も残ってないとしたら？」

俺の話を聞いていたアリシアは問いかける。

「生まれてからずっと自分が成すべきことだって教えられてきて、そのためだけに生きてきて、でももう二度と叶わないものだったとしたらどうするわけ？」

「死んでないなら残ってるよ」

少し感情的になってしまっているアリシアに短く返しておく。

彼女の心の中には、まだ元婚約者である王子様が残っているらしい。

王子と婚約してから人生のすべてをそこに費やしてきたようなものだし、まだ十五の少女が簡単に振り払えるわけがない。

これは予想だが、そういった強い使命感や恋心《こいごころ》が魔虫で暴走させられて、とんでも悪役令嬢は生まれてしまったのだろう。

愛と憎しみは切っても切れない関係にあるんだから。

う～ん、なんだか失恋《しつれん》した気分だな？

「残ってない！　過去の私は死んだんだから……公爵家としての私は……だからこの捨て地に……はっ、ごめんなさい失言だった」

左目の火傷の痕に触れ、うぞうぞと魔虫を纏《まと》わせ、まるで呪詛《じゅそ》のように呟きながらも失言に気付いて目を伏せる。

どうしよう、今のアリシアは新しいアリシアだから、この地で心機一転してみてはとは軽い気持ちで言えない気がした。

こういった問題の折り合いなんて一生つかなくて、家族を失ってしまった俺だってそんなものである。

事実は事実として、男らしく背負っていくしかないのだが、何と答えれば良いのかわからなかった。

攻略対象キャラは複数いるので、どうにか頑張って主人公を王子様ルート以外に流して、アリシアを元鞘《さや》に納める方法もありだ。

悪役令嬢ルートをそのままなぞるような形だが、ゲームと違って俺がいるので魔虫に取り憑かれて暴走することもなく、アリシアならば実力を証明できるのではないか？

ああ、でもダメか。

結局、主人公が後半で聖女に認定されてしまい、王子様のご慧眼《けいがん》がどうのこうの、それを邪魔したアリシアの立つ瀬《せ》が無くなってしまうのが目に見えていた。

つ、詰んでる……？　クソが！

こうしてうじうじ頭を悩ませている状況に、なんとなく腹が立ってきてしまうのはブレイブ家の血筋だからだろうか。

よし、ならば単純に考えよう。

セバスも言っていたじゃないか、俺は不器用なんだから等身大でぶつかるのが良いんじゃないかって。

だから素直な気持ちをぶつけよう――

「――アリシア、俺がこの先ずっと君を守るよ」

「……はあ？」

いきなり何を言い出すんだ、と目を丸くするアリシアだった。

正しいルートが彼女を傍らに置いておくこと、掴んで離さないことなのかはわからないが、単純にそうしたかったのである。

傍にいれば破滅ルートにも感づけるってこともあるのだが、こうしてクソみたいな運命に翻弄《ほんろう》される姿がどことなく俺に似ていて、守りたいと強く思ったのだ。

「公爵令嬢としての君が死んでるなら、今目の前にいる君はブレイブ家に嫁いで来たアリシアだよね」

唖然《あぜん》としたままのアリシアに小指を差し出す。

異世界でも指切りげんまんは約束の象徴さ。

「だったらこれだけは約束できるよ、必ず守るって」

領地や家族を守れなくて何がブレイブ家か、とその誇りを胸に俺は今を生きるのである。

知ったばかりの男女の中に愛なんてあるはずもなく、俺の言葉は浮《うわ》ついた男の飾り文句のように聞こえるかもしれないが、この気持ちだけは一切の嘘偽《うそいつわ》りなしで本心だ。

「今朝から思っていたのだけど、本当に突拍子《とっぴょうし》もない言動が多いのね」

「いやあ、どうにかこうにか気の利いた言葉を探してみたんだけど、ブレイブ家の男児ってこういう状況には慣れてないし、思ったままの言葉しか出てこなかったよ」

つくづく貴族に向いてない家だと思う。

いち兵士の家系だったらどれだけ楽だったか。

「……ふふっ」

頭を掻《か》く俺を見て、アリシアはくすっと笑っていた。

「やっぱりおかしかった？　言ったことないセリフだったしなあ、親父も兄さんたちも背中で語る様なタイプだったから……」

取り繕うとアリシアは言う。

「実はね、私も面と向かって言われたのは初めてなの」

「え、公爵令嬢なら色んな人から言われてると思ってたよ」

「突拍子もなくそんな言葉を吐くタイプは煙《けむ》たがられるものよ？」

ええ、歯の浮《う》くようなセリフ回しが貴族なんじゃないのか？

「くそぉ……今後学園に通うことを考えて密《ひそ》かにやってた良い感じのセリフ練習が無駄《むだ》になってしまった……」

「なにその馬鹿みたいな練習」

「だって元々三男で他の貴族と関《かか》わることもなかったんだから仕方ないじゃないか、ブレイブ家はそっち方面はからっきしだし」

地味にショックだった。

アリシアが嫁いでくる話が無かったら、学園に通ってすぐナンパ師の烙印《らくいん》を押されてしまうところだ。

頭を抱える俺を見て、呆《あき》れたような溜息を吐いたアリシアは言う。

「でも私は嫌いじゃない。わかりやすくて」

その時のはにかんだ笑顔は、人生で初めて見惚《みほ》れてしまうほどだった。

「確かに貴方の言う通り、複雑に考え過ぎてたかもしれないわね」

ブレイブ領を見下ろしながら彼女は呟く。

「ちっぽけ、ちっぽけよね。無くなっちゃった過去に縋《すが》りついて、いつまでもうじうじしているだなんて……」

「ま、人間なんてそんなもんだよ」

「でもブレイブ家では、そういうのはご法度《はっと》とでも言うのでしょう？」

「うん、一回は仕方ない。次から切り替えていくことが是《ぜ》だね」

素直にそう言うと、今度は彼女から小指を俺に差し出した。

「これから私と一緒に学園に戻ると、たぶん貴方もたくさんの視線を集めるでしょうね。正直、居場所なんてないだろうし、敵意や害意も多いと思うのだけど……それでも守ってくれるのかしら？」

「そういうのは得意だから任せて」

白くて綺麗な指とまめだらけで汚《きたな》い指が結ばれる。

なんか良いな、これ。

もう破滅とかはどうでも良くて、王都は王都で勝手に乙女ゲーのラブロマンスを繰り広げておいて欲しい。

俺はアリシアと運命を共にするか、うん。

そこで思いついた。

この約束を確固たるものにするべく、第三者に誓いを見てもらおう。

俺の言葉が口だけじゃないって証明するために、そして俺にできる最高のロマンチックな愛情表現として、あいつを呼ぼう。

「アリシア、ちょっと待って今の誓うところをやり直したい」

「……はあ？」

やばい、少し不満気な表情になってしまった。

不味《まず》いな、しかしここだけはしっかりと誓っておきたかったのだ。

「ちょっと待ってね、今すぐ呼ぶから――オニクス！」

名前を呼ぶと、空から巨大な黒竜《りゅう》が傍らに降り立つ。

早いな？

どうせ俺のことをこっそり見ていたんだろう。

道中、魔物が一切出なかったのがその証拠《しょうこ》だ。

「何用だ、ラグナ・ヴェル・ブレイブ」

「何用って、見てたならわかってるだろ？」

艶《つや》やかな黒い巨躯《きょく》に白い横縞《よこじま》の入った黒竜の名前はオニクス。

友達《ともだち》だ。

「俺が彼女を生涯《しょうがい》かけて守ることを誓うから、見届けてくれ」

「竜の前で誓うか……違《たが》えることが何を意味するかわかっているな？」

「もちろん」

もし反故《ほご》にすれば竜にその身を渡す、つまり喰《く》われるってこと。

「破る気もないし、お前もお前でその方が都合が良いだろ？」

「好きにしろ」

「よし！　アリシア、生涯かけて君を守る、竜に誓って」

了承《りょうしょう》を得られたので改めてアリシアに向き直ると、彼女は白目を剥《む》いて卒倒《そっとう》してしまった。

「あ、あれ……？」

「気を失ってしまうとは軟弱《なんじゃく》な小娘《こむすめ》よ。まあ誓いは見届けたということにしておこう。ではさらばだ」

「あ、うん」

それだけ言って、バサバサと山脈の向こう側へと飛び去ってしまうオニクスだった。

竜に誓うだなんて、御伽噺《おとぎばなし》みたいでロマンチックかなと考えたのだが、まさかこんな結末になるなんて思いもしなかった。

◆◆◆

翌日、朝から書斎で書類仕事をする俺の元へ、アリシアが詰め寄ってきたのは言うまでもない。

登山の疲れか気絶したまま朝まで寝ていたのだし、当然だろう。

「ラグナ！　こらラグナ！」

今までとは打って変わってかなりアクティブな様子には、セバスも「おやおや」と自慢《じまん》の髭を撫でていた。

「はい、ラグナです」

「昨日のは、何！　何なの⁉」

返事をすると、彼女は机を両手でバンバンと叩きながら顔を寄せる。

相変らず魔虫は家の窓にびっしりだが、彼女の身体《からだ》からは完全に取り払われてスッキリ爽快《そうかい》と言った様子である。

そりゃそうだ、あの誓いで竜の加護を得たようなものなのだから、魔虫がどれだけこぞって集ろうとも彼女に寄り付くことすらできない。

加護というか、残り香《が》というか、オニクスと合わせて魔虫一掃大作戦の大成功と言うわけである。

「昨日のって……竜の前で誓いを立てるって、我ながらロマンチックだなぁと思って……？」

英雄譚《えいゆうたん》はこの世界にもあって、竜はみんなが知る存在で厄災を振りまく邪《じゃ》竜もいれば、勇者に従って魔王《まおう》を倒した竜もいる。

強大で恐《おそ》ろしく、だがどこか神秘的で美しい、そんな生物だ。

人と喋れる知能を持ち太古から生きる存在は意外と博識で、誰も知らないようなことも知ってより話してても面白い。

「じゃあブレイブ家は竜を従えているってこと⁉」

ロマンチックかそうじゃないかは彼女の中ではどうでもいいことのようで、とにかくなんで竜があの場にいたのかを知りたいらしい。

「従えてないけど」

「ですな」

オニクスと俺の関係性は、出会ったその場にいたセバスも知っているので、俺の言葉に合わせるように頷いていた。

聞かれ続けるのも執務《しつむ》が捗《はかど》らないので簡潔に説明しておく。

「オニクスは最近ブレイブ領に来た竜だよ。山脈の奥に住んでて、そのおかげで魔物のスタンピードが起こって大変だったんだよな、セバス」

「ですな」

隣国の人間からこっちの方が食い物がたくさんあると聞いたから引っ越してきたと言われた時に

は、軽くお隣さんを恨んだもんだ。

「アリシア、竜のいない土地に竜が現れたらどうなると思う？」

「……とんでもないことになる？　想像もできないけど」

「そう、とんでもないことになるんだ。百点満点だよすごい」

「ちゃんと教えないさい、ちゃんと」

そろそろキレそうなので説明する。

「まず山脈に住んでいた魔物が驚いて一斉《いっせい》に逃げ出すわけだけど、その魔物の波がブレイブ領を直《ちょく》撃《げき》するんだよね」

魔物の暴動を抑えるために兵士や冒険者を駆り出して奔走している間に、まるで知っていたかのように隣国が仕掛けてきて家族が討たれた。

「竜を使って攻めてくるなんて許せないよな、セバス」

「ですな」

大いなる力には大いなる責任が伴《ともな》う理論で、良いように使われてるぞとオニクスに告げたら、あいつは憤慨《ふんがい》して国境の砦《とりで》をブレスで焼き払ってきたそうだ。

ははは、我ながら上手《うま》く行った。

「……従えてるわけじゃないのに、なんでそんなに平気そうなの？」

「それは坊っちゃんがオニクス殿《どの》に認められたからですな」

「そういうこと」

当時の俺は、魔物の暴動を抑えるべく原因を探して山脈へと入ってオニクスを見つけ出した。

当然、領地に魔物がたくさん押し寄せてきて大変だから今すぐどこかへ行ってくれと頼んでも「そんなもの知らん」で済ませてくるのが竜である。

俺たち人間って、竜から見れば下等生物だし？

「それでも何とかしないとダメだから戦闘になったよ」

「坊っちゃんは単騎《たんき》で挑《いど》み引き分けましてな？　いやぁオニクス殿に認められた瞬間は感動しましたぞ」

「普通に死にかけたけどね？」

感動の物語みたいな雰囲気を出しているセバスだけども。

「でもおかげでオニクスと交渉《こうしょう》できたから良し」

隣国も焼いてくれたし、大量の魔物もオニクスが定期的に間引いてくれるって約束を取り付けたから学園に通える時間ができた。

「竜は一度約束すれば誇りをもって守ってくれるから、その辺の冒険者よりも信頼できると思うよ？」

もっとも、だからと言って善良かと問われればそうじゃない。

オニクスがいる状況でこれ幸いにと山脈を開拓してしまえば、利用されてると思われて怒るかもしれないし、間違っても討伐しようだなんて思わない方が良いのだ。

隣国の山を食い潰して新たな餌場《えさば》を教えてもらったからブレイブ領に来たわけだし、用が済んだらどこかへ飛び去るだろう。

何年後になるかわからないがな？

最悪、人間の食い物に興味を示していたから、定期的に持って行ってこれで勘弁《かんべん》してくださいって作戦もある。

セバスよ、餌《えさ》やり任せたぞ。

「……スケールが大き過ぎて、ちょっとよくわからなかった」

以上、話を聞いたアリシアの言葉である。

「せっかく前向きになれると思ったのに、竜に食べられちゃうかと思って驚いたんだから……」

「ははは、だとしても守るよ。竜に誓ったんだから、オニクスでも他の竜でも必ず守るから安心してよ」

「……慌《あわ》てた私がまるでバカみたいね、ここだと……はぁ……」

笑っていると、アリシアは溜息を吐きながらどっと疲れたような表情をしていた。

一般的に見ればブレイブ家の方が特殊《とくしゅ》だから、こっちが馬鹿で良いのだが、精一杯《せいいっぱい》この地に慣れようとしてくれているので何も言うまい。

「アリシア様、私が来た当初も同じように驚きばかりでした。その内、何にも動じなくなりますから、ファイトでございます」

「そ、そうなんだ……」

何気ないセバスのセリフだが、こいつはいったいいつからブレイブ家で執事をしているのだろうか？

幼少期から顔が一切変わってないぞ。

「貸しなさい」

「え、なんですか？」

未だに机の前に居座るアリシアに、仕事の邪魔だからそろそろ部屋に戻ってくれないかと言おうとしたところで手を差し出された。

「昨日、人手不足だと言ってたでしょう？　手伝うから」

「おお！」

「空いた時間で学園について少しは教えてあげる。今のままの貴方を学園に連れて行ったら退学になりかねない」

「ええ……」

確かに変な幻想《げんそう》を持ってはいたが、そこまでか？

捨て地の貴族だし、色眼鏡《めがね》で見られるとは思っていたけど、退学になるほどのものなのだろうか？

「一応セバスに教えてもらってはいるよ？」

格上貴族から支援を取り付けるのが俺の役目だ。

胡麻《ごま》くらいいくらでも擂《す》れらぁ！

「公の場での作法は教えておりますが、幾分私は古い人間ですので、王都に住まう若者の文化や作法などは存じませんな」

「でしょ？」

それってつまり、今までの言動から「こいつは退学になる可能性が高い」と思われていることが冗談《じょうだん》ではないと確定し、地味にショックだった。

「俺は隣を歩かれたら恥《は》ずかしい系男子って、こと……？」

「違うわよ」

愕然《がくぜん》としている俺にアリシアは言う。

「他人の評価とかそんなちっぽけなことはどうでも良いの。ただ……私と一緒にいると下手なことをしただけでも難癖《なんくせ》をつけられて退学に追い込まれるかもしれないから……」

「ふむ、それでは誓いを守れませんな？」

少し辛そうな表情を作るアリシアに、セバスがフォローを入れていた。

「坊っちゃん、良い機会です。学園のことを教えていただきましょう」

「わかった」

他人の評価はどうでも良いと嬉《うれ》しいことを言ってもらえたが、俺が不甲斐《ふがい》ないせいでアリシアが恥ずかしい思いをするのも良くないので、美人の隣を歩くに相応《ふさわ》しい男になるとたった今決意する。

彼女を守るためには必要な努力なのだ、義務なのだ。

「アリシア様、坊っちゃんは感情が昂《たかぶ》ると突拍子もないことをしがちですから、しっかり首輪を付けていただけると幸いです」

「おいセバス、その言い方は俺に失礼だと思わなかったのか？」

「思いました」

「おい」

思った上で言葉にしたと言うのならなおさら質《たち》が悪い。

「さらに書類仕事にかこつけて勉強もおろそかにしていますので、これを機にその辺も見ていただけると私としても嬉しく思います」

「いやそんなことはないが？」

むしろ現代社会の知識が存在するので読み書き計算はバッチリ過ぎる程でありブレイブ家でも稀《き》代《たい》の秀才《しゅうさい》レベルだぞ？

さすがに異世界で微分《びぶん》積分なんてしないだろ、いらんだろ。

いや実際にどうかわからないけど、いらんだろ。

特に戦闘技術や魔術的知識は叩き込まれたから、他の追随《ついずい》を許さないくらいには自信がある。

歴史だって地理だって、いずれは冒険者になって世界をめぐるつもりでいたからちゃんと自分で勉強していたんだ。

不満に思っていると、セバスが耳打ちする。

「坊っちゃん、せっかく同じ時を過ごせるご提案なのですから復習がてらご一緒したら良いじゃないですか」

「なるほどわかった」

つまりはお勉強会で仲を深めよう大作戦ってことか。

ラブコメにありがちな展開で少し心が躍《おど》った。

それどころか婚約者であり、一つ屋根の下で一緒に住んでいるようなものなので、彼氏《かれし》彼女通り越して嫁さんである。

おいおい異世界、捨てたもんじゃないな！

当初抱えていた不安なんてなんのその で、なんだか思った以上に人生が楽しくなって来た気がするぞ。

「次、貸しなさい」

「あっはい」

心の中でウハウハしていると、大量の書類の処理を終えたアリシアが俺の手元からごっそりと仕事を奪《うば》い去って行った。

数字の確認《かくにん》作業や書き写しなどが大量にあるのだが、彼女はものすごいスピードで書類を片付けて行く。

「すげぇ……」

「これはこれは、坊っちゃんも負けていられませんな」

セバスに煽られたので、負けないように俺も手を動かすことにした。

ここで負けたら現代基礎教育修了者の名折れじゃけえ！

◆◆◆

アリシアが仕事を手伝うようになってから驚く程に捗った。

俺が一日かけて終わらせていた量をなんと午前中で終えてしまい、午後から一緒に過ごす時間が増えた。

仕事と言っても重要過ぎることはセバスが担当しているので、俺やアリシアは書類の細かいチェックなどである。

ブレイブ家では、俺は細かい数字を扱う作業が得意な方だと自負していたのだが、アリシアはもっと得意だった。

完全なる井《い》の中の蛙《かわず》で、現代基礎教育の敗北の瞬間である。

この世界を作ったスタッフがいるのならば言ってやりたい、現代知識でもっと無双《むそう》できる世界にしておけよ、と。

おかげで屋敷でのヒエラルキーはセバス、アリシア、俺の順番だよ。

納得がいかないのならアリシアよりも書類仕事を早くこなせという話なのだが、勝てないので甘んじて尻《しり》に敷《し》かれようと思う。

「じゃラグナ、私はそのまま屋敷の人の掃除でも手伝ってくる」

作業着を腕まくりした姿は、とても公爵令嬢とは思えない。

そんな彼女の様子を見送りながらセバスは呟く。

「実に有能ですな、才女と呼ばれていたのも頷けます」

「そりゃね」

幼少期から施された英才教育の賜物《たまもの》というか、厳しい英才教育に耐えきれる程に彼女が元から努力家だったに過ぎないのだ。

一度意識を切り替えてしまえばどこでだってやっていけるポテンシャルを秘めていたのである。

ゲーム内でだって、ブレイブ家を乗っ取って悪魔と契約して何が何でも主人公たちの恋路《こいじ》を邪魔するんだからな?

「良かったですな、坊っちゃん」

「ああ、本当に良かった……！」

セバスの一言に心の底から同意する。

終わらない書類との闘《たたか》いは、正直に言うと敵兵を殺すより辛かった。

彼女の才覚や行動力が良い形で発揮されて本当に良かった。

「今までのご夫人方は手伝うどころか屋敷におられませんでしたので、使用人一同戸惑っておりますが、みんな悪い気はしておらず、むしろ坊っちゃんよりも慕《した》っているレベルでございますとも」

「……俺よりってつける意味あった？　なあ？」

「さあ、信頼を取り戻すために坊っちゃんも頑張りましょう。私自ら坊っちゃんをサボらせないために心を鬼《おに》にして仕事の一部を取り置いておりますので」

「本当に鬼だな？　あ、なんかこの武具屋の値段やけに高くないか？」

溜息を吐きながら書類を眺《なが》めていると、最近新しくできた武具屋の開店報告書があって、他の武具屋に比べるとやけに売値が高かった。

まったくブレイブ領でぼったくり店とか、そんなことをすれば命がいくらあっても足りないというのに、こいつは新参者か。

「ふむ、丁度アリシア様が来られた日に武具屋を開いておりますな？」

髭を撫でるセバスの言葉。

アリシアが来た日にとか、きな臭《くさ》過ぎる。

「セバス、どうせどこから来たかの調べはついてるんだろ？」

「ええ、王都から来られた方々ですな」

らしい。
詳《くわ》しく聞けば、こんな辺境には無い王都の良い物だという触れ込みで殿様商売《とのさましょうばい》を繰り広げている

「やっぱりね」

本当に良い物だったら良いのだが、金の動きを見るに別に大したことないようにも思える。

戦いの多いこの土地で、魔物相手のプロフェッショナルが多数いるこの土地で、そもそも剣《けん》の質なんてあんまり関係ない。

消耗品《しょうもうひん》だからな？

どちらかと言えば、毎日手入れをすることの方が大切なのである。

剣とか、毎日使って毎日研いでると擦《す》り減って使い物にならなくなるのが当たり前だから中古で大量に仕入れているのに、そんな上級向けっぽいサービスをしても上手く行くはずもない。

「そもそも人の多い王都からわざわざブレイブ領に商売しに来る意味もわからん。こいつらの目的ってアリシアの監視《かんし》だろ？　こちらに危害を加えるつもりはあるのか？」

「夜中にこそこそしているのを冒険者が目撃《もくげき》しておりますなあ。殿様商売に腹が立って金目の物を盗《ぬす》もうと夜中に立ち寄ったところ、付近をこそこそ嗅《か》ぎまわっているのを目撃したそうで」

「行動早過ぎて笑うわ！　どっちもとんでもねぇ」

まあ、冒険者は別に善人でもなんでもないので、顰蹙《ひんしゅく》を買えばこうなるのは仕方がない。

ブレイブ家は率先して前に出る危険な役目を担い続けてきた背景があるからこそ荒くれたちにリ

スペクトされて関係が成り立っているのだ。

「彼らの目的はわかりませんが、彼らの中に腕の立つ者が一人いるらしく報告をくれた冒険者の一人は片腕《かたうで》を切り落とされたそうです」

「へぇ……」

ろくでもないことを行動に移す冒険者は基本的に雑魚《ざこ》だが、それでも他の土地にいる冒険者よりは強い。

ブレイブ領で冒険者をやって今まで生き残ってきた荒くれを相手に、腕一本取れるのは強者の証である。

「どうしますか？　坊っちゃん」

いつもなら俺が先に物騒な言葉を投げかけてそれを制すのがセバスの役目だったりするのだが、こうして問いかけてくるってことはお好きなようにしてくださいって合図。

「摘《つ》んでおく」

仮に目的が物騒なものではなくただの監視だったとしても、今の彼女はブレイブ家の身内なので嗅ぎまわる奴は消しておくのが吉《きち》。

「では、夜までに動向を調べておきます」

「任せた」

「報告をくれた冒険者には何か与えますか？」

「それは自業自得だろ？」

迂闊《うかつ》に藪《やぶ》を突いて蛇《へび》に噛まれた冒険者に救いはない。

どうせ死ぬのだから施しても無駄だ。

「承知いたしました」

「そうだセバス、一つ頼みがあるんだが」

「なんでしょう？」

「学園に行った時、何とかアリシアを近い場所に置いとけないか？」

もう少しすればブレイブ領を離れて王都の学園へと通わなければならない。

基本全寮制となっており、彼女も俺も例外なく入寮《にゅうりょう》することになるのだが、そうなるとどうしても守れない場面が出てくるかもしれない。

「それは一つ屋根の下ということでしょうか？　私は別に気にしてはおりませんが、学生の内から身重となるのはいささか学業との両立が厳しいとは思います」

「ち、違うよ！　そういうことじゃない！」

何を言い出すかと思えば、それは俺達にはまだ早い。

俺はブレイブのケダモノにはなりたくないんだ。

「ただ守れる範囲《はんい》に置いておきたいだけ！　ただでさえ狙われてる可能性もあるんだし、何かあってからじゃ遅いだろ？」

「学園の警備は……まあバッチリとは言えませんが、人目がたくさんありますから目立つようなことを企《くわだ》てる輩《やから》はそうそういらっしゃらないかと思いますが」

「念のためだよ。まあどうしようもないならそれで良いさ」

女子寮《じょしりょう》と男子寮《だんしりょう》は敷地《しきち》が分かれていて、さらに上級貴族ともなれば専用の敷地が用意されている。

アリシアはブレイブ家に来ているとは言え公爵家の血筋であり、上級貴族の敷地に入ってしまったら守り辛《づら》くなる。

ちなみにブレイブ家も爵位自体は公爵家とも婚姻可能な程度に高いのだが、まあ差別というか普通に下級貴族と同じ扱い。

世知辛《せちがら》いが、そういう設定だから仕方ないいんだよな？

「まあ、それよりも先に王都から来た武具屋の件か」

学園に行く前に、少しばかり露払《つゆはら》いと行こう。

◆◆◆

『――太刀《たち》筋が全く見えなかった。いや、そもそも剣すら持ってなかった。でも気が付いたら右腕《みぎうで》がやけに軽くて、見たら地面に俺の腕が落ちてたんだ。バカやっちまったぜ』

真夜中の街道《かいどう》を歩きながら、件《くだん》の片腕を切り落とされた冒険者の言葉を思い返していた。

剣すら抜いてない状況で片腕を切り落とすような芸当は、確実に魔術によるものだと断言できる。

この世界には、前世には存在していなかった魔素と言うものが大気中に満ちていて、それが個々《ここ》の体内に蓄積《ちくせき》されたものを魔力《まりょく》と呼ぶ。

そんな魔力を意のままに操る術が——魔術なのだ。

「面倒だなぁ」

溜息が出た。

魔素は世界に満ち溢《あふ》れているが、魔術自体は万人が全て等しく使えるという万能《ばんのう》な代物《しろもの》でもない。

しかし、使いこなせた場合はとことん厄介な相手となる。

戦時のブレイブ領に於《お》いて、兵士や建造物に一番被害を受けたのが、敵国の魔術師《まじゅつし》を相手にした時だった。

馬鹿の話を聞いただけでも無詠唱《えいしょう》で魔術を使える戦術級の魔術師であることがわかる。

そこまで至れば一騎当千《いっきとうせん》クラスだと言っても差し支えはないのだが、何故そのレベルの手合いがブレイブ領へ送られてきたのか。

「よっぽど消したいみたいだな、アリシアを」

何か不都合があるのか、それともシナリオがそうさせるのか。

それとも狙いは俺か？

ゲーム内でのストーリーに於いて、アリシアがブレイブ家を乗っ取らない状況になったのは俺の存在が大きい。

　ズレてしまった流れを元に戻すために強制力でも働いたのか？

　もしくは、アリシアが悪魔に取り憑かれてしまう原因が、魔虫ではなくこうして後からくっ付いてきた連中によるものなのか。

「まあ、聞けばわかるか」

　露払いにまどろっこしいことは無しだ。

　さっさと蹴散《けち》らして誰に何を頼まれたのか尋問《じんもん》するのが手っ取り早い。

「ほい、どーん」

　ドガッ！

　新しくできたばかりの商会のドアを蹴破《けやぶ》ると、薄暗《うすぐら》い部屋の中に四人程が固まって何やら話し込んでいる最中だった。

「っ!?」「な、何者だ！」「誰だいきなり！」

　慌てて立ち上がる男たちの中で、一人だけ座ったまま落ち着いた様子の野郎《やろう》がいる。

　フードを被《かぶ》ったままで顔は見えないが、その身からにじみ出る魔力を見るに魔術師だろう。

「お、お前はラグナ・ヴェル・ブレイブ！」

「こんなところに何をしに来た！」

「何をしにって、先に手を出したのはそっちだろうに」

腕を切り落とされたのはブレイブ領の冒険者。

盗みに入る様な馬鹿な真似をしたので自業自得としか言えないのだが、まだ何も盗んじゃいないので未遂《みすい》だ。

ならば歴然たる暴行であり、そんな危険人物たちを取り締《し》まるのは当たり前のこと。

「手を出した？　はて、何の話か？」

「我々は強盗《ごうとう》に襲われたに過ぎないのですが？」

彼らは一貫《いっかん》して襲われたと言い張るようだ。

「どっちがどうとかはどうでも良いよ。藪蛇《やぶへび》した奴が馬鹿なだけだし」

そう告げながら冒険者の片腕を投げつける。

俺も馬鹿な冒険者の言葉を全て信じるつもりもなく、こいつらを手間なくひっ捕《と》らえて話を聞けるだけの理由があれば良いのだ。

「とりあえず件の騒ぎの重要参考人として御《ご》同行を」

でもって、本題はこうだ。

「あと、何やらこそこそウチの周りを嗅ぎまわってるようだけど、その理由を教えてくれれば手荒《てあら》な真似はしないさ」

微笑《ほほえ》むと、俺が何をしに来たのか察したのか全員の目つきが変わり、懐《ふところ》から武器を構えだす。

「領主の前で武装か。悪いこと企ててるの確定するけど」

一応忠告をしておいたのだが、彼らは依然《いぜん》としてニタニタとした笑《え》みを浮かべたまま言葉を並べ立てる。

「確かに不敬かもしれませんが、身に覚えのない事件をでっち上げられて、はいそうですかとはいきますまい」

「それに我々の後ろ盾《だて》には王都の貴族がいる。捨て地の貴族と王都の貴族では、どちらの意見を信じますかな？」

「もっとも我々が武器を持ったとバレなければ……つまりその口を封《ふう》じてしまえば何の問題もないーーーッ！」

魔術師以外の三人は、それぞれ話しながら目配せをすると武器を振り上げて襲い掛かってきた。

「こうなるともう言い逃《のが》れのしようがないと思うが」

減らず口でごまかしてくるタイプだったら面倒だと思っていたので、こうもあっさり力業できてくれるとは大助かり。

「関係ない！　ラグナ・ヴェル・ブレイブは始末対象だ！」

「丸腰《まるごし》で来るとは世間知らずの三男坊め！」

へぇ……？

「死ね！　捨て地の死に損なーーーぶべらっ⁉」

口上を述べながら切りかかってきた男の剣を避《よ》けて顔面を殴りつけると、グチャッと潰れる音が

して辺りに折れた歯が飛び散る。

意識を失った男の手元から離れた剣を掴むと、そのまま他二人の武器を持つ手を手首ごと切り落とした。

「ぐ、ぐぁぁぁぁあぁぁぁああああ！」

「ひ、ひひ、ひぃぃぃぃいいいいいいい！」

悲鳴を上げながら手首を抑えて蹲《うずくま》る男の前髪を掴み上げる。

「……誰が始末対象だって？」

「ひ、ひひ、ひ」

痛みと恐怖でまともな受け答えが出来なくなってしまっていた。

これが王都の工作員とは、なんとも情けない。

ブレイブの冒険者は片腕を切り落とされてもこうはならんのに。

「こいつらへの尋問は後回しだな」

必死に腕を抑えていれば、失血多量で死ぬこともないだろう。

俺は改めて前を向くと、魔術師は立ち上がってパチパチと嬉しそうに手を叩いていた。

「まだ十五歳という若さで素晴《すば》らしい！」

「はあ……」

敵から思いもよらない賛辞を受けて、そんな声が漏れる。

「で、あんたはどこの誰に雇《やと》われた魔術師？」

「ククク、聞かれても答えるわけがないでしょう？」

「それもそうか」

俺だって答えないだろうし、普通に納得する。

答えてくれたらラッキーだが、答えられても呆れるだろうな？

王都の魔術師はアホなのかって。

「一つ、お聞きしたいことがあるのですが」

魔術師は丁寧《ていねい》な物腰《ものごし》で俺に問いかける。

「聞かれても答えるわけないって言った奴が、逆に聞くの？」

「ククク、では聞き流していただいても構いません」

「やだ、断る」

はっきり拒否しているのに魔術師は続ける。

「アリシア嬢の様子はいかがですかな？」

「……どういう意味だ？」

くだらない押し問答をするつもりはなかったのだが、アリシアの名前が出てきたため思わず聞き返すと、魔術師はニタリと歯を剥き出しにして笑いながら言う。

「私の贈《おく》り物でさらに美しくなられましたかな？　さぞ辛く苦悶の表情で毎日を過ごしているので

しょう？　ククク、クヒヒヒ」

その口からはぼとぼとと魔虫が溢れ出していた。

「才女と呼ばれたあのアリシア嬢が、クヒックヒヒ」

喋る度に、笑う度に、魔虫が口からぼとぼとぼとぼと。

「一つの綻《ほころ》びから堕《お》ちていく姿を想像すると、ククク」

落ちた魔虫がもぞもぞと大量に足元で蠢いて、見れば見る程気持ち悪い光景だ。

「今にも達してしまいそうな程ですよ、クヒッ、エエ、エエッ！」

「……お前か」

「エエッ！　私ですとも！　私が送りつけましたとモ――」

狂《くる》ったように顔を紅潮させた魔術師が喋り終える前に。

――ドンッ！　と強烈《きょうれつ》な音が響き渡る。

「お前かあああああああああああああああああ‼」

音の正体は、俺の踏み込みによって床板《ゆかいた》が爆《は》ぜる音。

足裏で魔術を使い一気に肉薄《にくはく》した俺は、ニタニタと笑いながら魔虫を溢し続ける口の中に持っていた剣を問答無用で突《つ》き刺した。

「ふぎっ⁉」

頸椎《けいつい》を貫く感覚はなく、間一髪《かんいっぱつ》のところで魔術師は顔を横に振って致命傷《ちめいしょう》を免《まぬが》れていた。

チッ、惜《お》しい。

頬《ほほ》を壁に縫《ぬ》い付けられて動けなくなった魔術師の耳に叫ぶ。

「おい！　毎日毎日毎日！」

来る日も来る日も来る日も！

「大量の魔虫をウチに送りつけて来た野郎はお前だったのか！」

クソ迷惑《めいわく》なことをしてくれやがって！

アリシアに取り憑いた魔虫を駆除してもウチの窓にはまだびっしりだ。

外ではカメムシみたいに張り付いて、家の中ではゴキブリみたいにそこかしこを徘徊《はいかい》しまくりやがって。

「いい加減、うんざりしてたんだよな！」

アリシアには見えないが、俺にはハッキリと見えている。

たまにポトリと天井《てんじょう》からコーヒーの中に落ちてしまった日には、そしてそれを気付かず飲み干してコップの底に魔虫がいた日には、それはもうその日一日が最悪だ。

食っても俺に実害はないが、気分の問題である。

「な、なな、何の話……」

俺のいきなりのぶちギレ具合に慄《おのの》く魔術師。

「ほんっとうに、クソみたいに、はた迷惑な野郎だ」

「ぐ、ぐぎ、ぐ、い、痛い、剣抜いで」

「おまけに趣味《しゅみ》も悪い」

才女が落ちぶれていく姿を想像して恍惚《こうこつ》の表情とは変態か？

変態だな、変態である。

ウチのアリシアにそんな感情を向けることは断じて許さん殺す。

「そうだ、お前に教えておいてやるよ？」

「あぎぃぃぃ！　ぎぎっ、ぎぐぎぎ！」

突き刺した剣《つるぎ》をぐりぐりと動かして言い放つ。

「アリシアはもう立ち直って元気に仕事を手伝ってくれてるぞ？　才女だから俺より仕事ができて、俺より屋敷の人に慕われて、笑顔でのびのび暮らしてる」

そう告げると、魔術師はぎょろりと目を剥いて俺を睨みつけた。

「お前の想像とは全く逆だ。残念だったな？」

「ああああああ！　ぐぎぎぎっ――ガミギリムジ！」

無理やり喋った結果、ギリギリ繋がっていた魔術師の頬が裂《さ》けた。

拘束《こうそく》から抜け出した魔術師が大きく口を開けると、中から鋭利《えいり》な顎を持った巨大な虫がずるりと這いだして、壁に突き刺さっていた剣をいとも簡単に切断する。

これか、冒険者の腕を切り落とした魔術の正体。

恐らく目の前の変態は呪い専門の魔術師であり、見えない呪いの特性が気が付けば腕が落ちていたという結果に結びついていたのだ。

風属性の魔術にも同じような現象を起こせる風刃《ふうじん》という魔術があるのだが、動体視力が良ければくっきり見えるので、ブレイブの冒険者が見逃《みのが》すはずもない。

「グ、クヒ、ヒ？　……笑顔だと？」

魔術師はフラフラとしながら呟く。

裂けてしまった口元は、魔虫が寄り集まってカサブタみたいになり治っていた。

「アリシア嬢が？　私の思いをあれだけ送り届けたのに……？」

「そんなキモイもんを届かせるわけないだろ」

ブレイブ家に到着した瞬間に即ブロックだ。

オニクスの加護もあるから二度と届くことはない着信拒否《ちゃくしんきょひ》状態。

「もう届かないよ、残念だったな」

「そんなの嘘だ！」

はっきり告げると魔術師は露骨《ろこつ》に取り乱す。

「彼女の心はズタボロで今頃美しくなってるんだぁ！　色んなものを恨むようにたくさん想《おも》いを込めたからぁ！　が、学園で掻き集めてぇ！」

聞けば聞く程、とんでもない奴だった。

しかし朗報、どうやら魔虫の犯人はこいつ一人だけっぽいのである。

「信じない！　そ、そうだ！　直接見に行けばいい？　今すぐ屋敷に行って直接想いを伝えるんどあっ！」

魔術師の叫び声に合わせて口の中から身体を伸ばした虫が、俺を両断しようと大きな顎を広げる。

「行かせるわけないだろ」

「ぉぼろろぉっ⁉」

鉄製の剣をいとも容易《たやす》く切断した虫の顎を片手で掴み上げ、魔術師の口の中から引きずり出す。

「そもそもの話だが、お前のこのキモイ虫を俺がはっきり視認出来て、こうして掴めるって状況だけでお察しだろ？」

「な、なんで斬《き》れない⁉　鉄だって簡単に斬れるのに‼」

驚く魔術師を前に、掴んだ虫を握り潰しながら告げる。

「それがわからない内は、お前がどれだけ呪いを飛ばそうが無理だ」

もっとも、二度と飛ばすことはできないが。

もういい、こんな奴に構ってる暇はない。

俺は敵兵を相手にする時と同じ様に、魔術師を見据《みす》える。

「ひぃっ」

さっさとけりを付けよう。

「まずこれはウチの冒険者の分」

床《ゆか》に落ちていた剣を拾って魔術師の右腕を切り落とした。

悲鳴なんて気にする価値もない。

「次に大量にクソ虫を送り付けた分」

シュシュッと魔虫でくっ付かないように素早《すばや》く残りの手足を切断する。

勢いに圧《お》された魔術師は、壊れた人形の様に椅子の上に乗った。

「どうしてこんな！　どうしてこんな、あああ！」

短い手足をバタつかせながら叫ぶのだが、否定はしない。

疑いようのない事実でもあったのだから。

「誰の差し金か言えば、命だけは助けてやる」

「言う、言いますっ！　いぐないと！　イグナイト！」

なるほど、この国の公爵家の一つであるイグナイト家の差し金か。

「ありがとう。じゃ、最後にアリシアに嫌がらせをした分」

「え――――」

首を刎《は》ねた。

魔術師の目に、僅《わず》かばかりに映っていた希望の色が絶望に染まる。

ゴトリと重たい音がして、床に落ちた魔術師の首が俺を向いた。

口元が僅かに動き——呪ってやる呪ってやる呪ってやる、と。

「もう呪われてるよ」

嘲《あざわら》笑うように微笑《ほほえ》み返すと、そのまま目から光は消えていった。

いつの間にか、手首を切り落とした雑魚たちは息絶えている。

欲しい情報は得たことだし、どうでも良いか。

「終わりましたかな、坊っちゃん」

血だまりの中に立っていると、いつの間にかセバスが後ろに控《ひか》えていた。

「終わった。後処理を頼む」

「かしこまりました」

情報を吐かせるために敢《あ》えて過剰《かじよう》にやった部分もあるが、ここまで手酷《てひど》くやったのは家族の仇を果たした時以来か。

心が何も感じなくなってしまったのは、いつからだろうな？

時折、どれが普通の自分なのかわからなくなる。

環境《かんきよう》的には仕方がないと理解しているのだが、やはり俺は一般的に見ておかしい部類に入るのだろう。

うーむ……学園生活に馴染めるのか、少し不安だった。

幕間　不思議な次期辺境伯《へんきょうはく》様【アリシア・グラン・オールドウッド】

私、――【アリシア・グラン・オールドウッド】には、物心ついた頃《ころ》にはすでに結婚《けっこん》する相手が決められていた。

相手の名前は【エドワード・グラン・エーテルダム】、エーテルダム王国の王太子である。

両親に連れられ、初めてお会いした時のことを私は死ぬまで忘れることはないだろう。

太陽のような美しい金色の髪《かみ》、輝《かがや》く星々《ほしぼし》のような綺麗《きれい》な瞳《ひとみ》にどこか儚《はかな》げな表情は、年端《としは》もいかない少女を一目で惚《ほ》れさせるには十分過ぎた。

ああ、――私はこのお方のために生まれてきたのだ、と。

殿下《でんか》は王位継承権《けいしょうけん》第一位であり、婚約《こんやく》していた私も将来王妃《おうひ》になることが決定していた。

エーテルダムは、魔術《まじゅつ》的伝統を重んじる誇《ほこ》り高き大国であり、すでに決められたレールの上を歩くことをつまらないと思うことはなかった。

むしろ、私の目の前に伸《の》びているのは他の貴族よりも輝かしいレールであり、終点には殿下の隣《となり》という栄えある地位が存在している。

だから私は努力を重ねた。

殿下の隣に並ぶに相応《ふさわ》しい存在になろうと、魔術も学業も何もかもを全《すべ》て殿下のために、婚約を決めてくれた両親のために。

しかし、――私は大きな失態を演じてしまった。

殿下の心を繋《つな》ぎとめておくことができずに、稚拙《ちせつ》な嫉妬心《しっとしん》から平民の女性に決闘《けっとう》を挑《いど》み、公衆の面前で敗北してしまうという馬鹿《ばか》げたもの。

人生を賭《と》して殿下のために生きて来たようなものだからか、私が行くはずだったレールの上に、殿下の隣に、見知らぬ女性が出てきたことに言い知れない不安や嫌悪《けんお》を強く感じていたのは確かなことだった。

ぐっと我慢《がまん》が出来ればよかったのに、平民の女性が貴族の学園に通う状況《じょうきょう》を面白《おもしろ》く思わない取り巻きが過剰《かじょう》に反応し、私はそれを押《お》し留《とど》めることができなかったのだ。

いつの間にか出来上がっていた決闘という舞台《ぶたい》で、もはやどう立ち回っても墓穴を掘《ほ》る結果にしかならない状況で、私は貴族の令嬢《れいじょう》としても使い物にならないほどの醜《みにく》い怪我《けが》を負わされることとなった。

私の知らないところで勝手に暴走してしまった取り巻きたちを恨《うら》んだが、制御《せいぎょ》できなかった自分自身の結果でもある。

殿下から婚約破棄《はき》を告げられた時に、こんな言葉を受けた。

『僕《ぼく》は伝統とか仕来りとか、決められたレールは好きじゃない』

『僕の好きな食べ物を君は知っているか？　好きな場所、好きな本、好きな遊び、君は知らないだろうな……』

『貴族のお手本だよ。親の言葉のままに生きてきた君のことを僕はどうしても好きになれなかった、苦痛だった』

『パトリシアは、そんな僕の気持ちを優《やさ》しく包んでくれたんだ。一緒《いっしょ》に城下町の屋台を回って、心を込《こ》めた料理やお菓子《かし》を僕に作ってくれる』

確かにそうだった、殿下の言葉通りだった。

好奇心旺盛《こうきしんおうせい》な殿下が、お忍《しの》びで城下町に降りていることは知っていたが、何をしているかについては興味を持たなかった。

殿下の好きな冒険譚《ぼうけんたん》に興味もなければ、やんちゃな遊びにも興味を持たず、料理も作れなければお菓子も作れない。

そういったことは使用人が全てこなしてくれると思っていたし、それが貴族と言うもので疑うこともなかったのだ。

私のやるべきことは、将来王妃となった時に殿下の傍《かたわ》らにいても恥《は》ずかしくない才女になることだと本気で信じていたのだから……。

敗北し、殿下の中に私はもういないことを痛感させられて、両親から叱咤《しった》を受け、捨て地に嫁《とつ》がされる状況を私は素直《すなお》に受け止めた。

恋《こい》とは何なのか、愛とは何なのか、――難しい、ままならない。

私の過ごした十数年の気持ちや努力は何の疑いようもない事実だが、妄信《もうしん》してきたそれは殿下にとっては何の意味もないことだったのだ。

全てを失って、私はもう何もわからなくなっていた。

左目に受けた火傷《やけど》の痕《あと》がズキズキ疼《うず》くと同時に、心に針のようなものが突《つ》き刺《さ》さっている感覚がして、どす黒い気持ちがいくら抑《おさ》えようとしても溢《あふ》れ出してきた。

現状を、事実を、受け入れようとしても、学園での出来事が思い浮《う》かんで吐《は》きそうになって、真っ白になった私の心の中を埋《う》め尽《つ》くしていくようだった。

そうして私を乗せた馬車は、汽車もなく、背の高い建物もなく、農地と山脈を正面に望む捨て地へと到着《とうちゃく》する。

そこで私は、次期辺境伯【ラグナ・ヴェル・ブレイブ】と出会った。

捨て地と呼ばれる危険な領地の中年貴族とばかり思っていたのだが、彼《かれ》は私と同じくらいに若かった。

『うわっ』

彼は、初めて私を見た時にまるで嫌《いや》なものでも見たような顔をする。

少しだけ腹が立ったが、誰《だれ》が見てもそう思うほどの火傷の痕で、声に出すか出さないかの違《ちが》いでしかなく仕方ないと我慢できた。

婚約破棄後、公爵《こうしやく》家にやってきた貴族の誰もが私にそんな目を向けて来たのだから。

『その火傷、どうされたんですか……？』

我慢しているところに、彼は失礼という枠組《わくぐ》みを飛び越《こ》えて、とんでもない質問を私に投げかける。

思わず息を飲むと、彼は呆気《あっけ》らかんとした態度で続けた。

『いや、語りたくないならそれでいいです』

なら最初から聞かなければいいのに、私は空気の読めない貴族をたくさん見てきたが、ここまでの人は初めてだった。

これが捨て地と呼ばれるブレイブ領。

当主がこうなのだから、家臣たちも私の汚点《おてん》を土足で踏《ふ》み荒《あ》らしてくる日々が続くのだろうか、これが私の受けるべき罰《ばつ》なのだろうか、とそう思った時である。

彼は再び口を開いた。

『ブレイブ領じゃ、そのくらい普通《ふつう》ですよ』

屈託《くったく》のない笑顔。裏表のない、本当に普通だと言っているようなそんな笑顔に少し戸惑《とまど》った。

私の周りには、こんな笑顔を向ける人は久しくいない。

さらに彼は、執事《しつじ》に案内されるがままに屋敷《やしき》へ歩き始めた私の肩《かた》をいきなり手で払《はら》った。

『……なに？　埃《ほこり》でもついてたかしら？　悪かったわね、古い服なの』

使用人が用意した荷物の中に今まで着ていた服はなく、傷物の女には埃を被《かぶ》った古着で充分《じゅうぶん》だと言う意味なのだろう。

今まで生活を共にしてきて、信じていた使用人にまでそんな扱《あつか》いをされることに耐えきれず、彼に嫌味《いやみ》を含《ふく》めてそう言い返すと、またしても笑顔で言い返された。

『いや、ウチの方がもっと埃っぽいので上等ですよ』

少し嫌な気分になった。

私はそんな笑顔を向けられるような人間じゃない。

その後も何か言っていたが、無視して屋敷の中へと向かった。

本当に埃っぽかった。

でも何故《なぜ》か心が軽くなったようなそんな心地《ここち》がして、今も心の中を埋め尽くそうとしているどす黒い感情が少しだけ薄《うす》れたような、そんな感覚だった。

——第一印象は失礼な男。

しかし彼は、今まで出会ったことのない不思議な男性だった。

◆◆◆

ブレイブ家の屋敷は、部屋を飾《かざ》り立てる調度品などは一切《いっさい》なく、時折使用人たちの声や足音が聞こえるのみで静かだった。

少し不思議に思ったのは、この家に来てから私の心の中を埋め尽くそうとしていたどす黒い感情は治まりつつあり、王都に住んでいた頃とは打って変わって悪夢にうなされることもなかった。

捨て地と呼ばれる遠い土地へ来たのだから、自分の中でもう二度と公爵家へ戻《もど》ることもないと諦《あきら》めの境地に至ってしまったのだろうか。

質素な部屋も、質素な服も、質素な食事も、何もかも全てを失ってしまった今の私には丁度良い。

五日間、何もせず部屋でじっとしていたので考える時間はたくさんあったのだが、これから何をしたらいいのかもわからないまま虚無《きょむ》の時間を過ごしている。

そんな折、朝からドアがノックされた。

『アリシア様、おはようございます朝食です』

声の主は、私と同じ年である若き次期辺境伯のもの。

声を耳にしたのは、初めて会った時以来である。

今の私にあの屈託のない笑顔を向けられるのは少し辛《つら》く、何より戸惑いを隠《かく》せない気がしたので会いたくなかった。

ドンドンドン！　メキメキメキミシミシミシ！

応《こた》えないでいると、ドアをノックする音が強くなっていき今にも壊《こわ》れてしまいそうな程。

『起きてる！　起きてるから入って！　ドアが壊れる！』

久しぶりに大きな声を出すと、彼は「失礼しまーす」と何食わぬ顔で入ってきた。

それで私がドアが壊れたらどうするのかと尋《たず》ねると、屈託のない笑顔で答えるのだ「また直せばいいんですよ」と。

意味がわからなかった。

ブレイブ家では、喧嘩《けんか》で家があちこち壊れることも日常茶飯事であり、それで修理が上手《うま》くなったと彼は笑顔で豪語《ごうご》する。

本当に意味がわからなかった。

辟易《へきえき》していると、彼はワゴンからコーヒーセットを取り出して黒い液体をカップに注ぎ始める。

『ミルクは入れますか？　砂糖はどうします？』

そう聞かれて、私は答えることができなかった。

コーヒーを飲んだことがなかったから。

『……飲んだことないからわからない。家では紅茶が普通だったし』

素直に答えると、彼は少し申し訳なさそうにしながら言う。

『紅茶を準備できなくて申し訳ない、何せ辺境の田舎《いなか》領地なもので』

『……別に気にしてない』

ここは公爵家ではなくブレイブ家。

今の私の居場所はこの質素な部屋なのだから紅茶ではなくコーヒーで十分なのだ。

そう考えてぐっと飲むと、あまりの苦さに思わずせき込んでしまう。

『ゴホッゴホッ、に、苦い……』

『いきなりブラックで飲むからですよ。最初は甘《あま》い物でいきましょう』

代わりに渡《わた》されたコーヒーは、ミルクや砂糖を入れたもので、そっちは甘くて優しい味がした。これなら飲めるし悪くない、いやむしろ体裁を気にして飲んでいた紅茶よりも心から優しく温まる様な気がした。

『気になっていたのだけど』

少しだけ気が緩《ゆる》んだのか、私は彼に話しかけていた。

『何故、使用人がいるのにわざわざ貴方《あなた》が？』

今まで使用人がそっと届けてくれていたのに、今日だけは違っていたから何となく聞いてしまった。

『単純に人手不足だからですよ。必要とあれば使用人も戦いますし、この間それでほとんど戦死してしまいましたから』

『……そう』

何気ない質問の答えは、思ったよりも重たいものだった。

噛《か》み合わない不思議な男、初めて会った時からそう。

どう言葉を返したらいいかわからなくて黙《だま》っていると、ラグナは唐突《とうとつ》に私の前髪《まえがみ》を持ち上げた。

『――アリシア様、貴方は立派な人だ』

『っ』

顔を背《そむ》けようとすると顎《あご》を掴《つか》まれて動かせない。

本当になんなのこの男！

睨《にら》む私の視線なんて意に介《かい》さず、ラグナは言葉を続ける。

『ここでは誇りを胸に戦った証《あかし》で、勇気の象徴《しょうちょう》ですよ。もちろん俺《おれ》にもありますしね』

そう言って前髪をかき上げた彼の額には、何針も縫《ぬ》われたような痛ましい裂傷《れっしょう》の痕が残されていた。

よく見ると、服に隠れているが首筋にも傷跡《きずあと》が複数見える。

隣国《りんごく》との小競《こぜ》り合いや魔物《まもの》の襲撃《しゅうげき》が多い捨て地と呼ばれる場所で、それは今まで生き抜《ぬ》いてきた者の証のようだった。

『ウチでは傷を否定しない。むしろ誇りに思うんですよ』

決闘騒動《そうどう》の後、「傷物だったって美しさは変わらない」と私に声をかけてきた爵位《しゃくい》目当ての格下貴族と似たようなセリフを吐いていたが、彼の言葉は重みが違っていた。

睨むのをやめて、彼の言葉をかみ砕《くだ》く。

戦った証、か……戦いと呼べるような代物《しろもの》だったのだろうか……？

私はいったい何のために戦おうとしていたのか、ああ、わからない。

『ハハハ、まあでも今回俺が朝食を運んだのはこうして貴方とお話するためでもありますよ』

黙り込む私を前に、パッと手を離《はな》したラグナは少し距離《きょり》を取りながら気まずそうに笑って話題を変える。

『荒《あら》くれ者ばかりの何もない領地ですけど、それでも自然は豊かなのでぜひとも一緒に歩きませんか？　自然を前に、人の争いごとなんてこの地ではちっぽけなもんですし』

『ちっぽけ……』

私が戦った理由は貴族の矜持《きょうじ》？　公爵《こうしやく》家の責務？

いいや、そんな大それたものではない。

ただ自分の居場所に他の女がいたことが許せなくて、それで過剰に反応して、もう戻れない場所まで来てしまって負けたに過ぎない。

ちっぽけだ、もっと他にやれることはあったはずなのに、私は本当にちっぽけだ。

どんどん気持ちが沈《しず》んでしまいそうになる中で、婚約者《こんやくしや》であるラグナが気を利かせて誘《さそ》ってくれているので答える。

『……行く』

人様の家で陰鬱《いんうつ》に過ごしていても迷惑《めいわく》だろうし、少しくらい外の空気を吸うことも大切だ。

『ぜひ、この地を案内してもらえるかしら？』

『ええ、よろこんで』

それに相変らず失礼だが、慣れないながらも必死に気を使ってくれるラグナに少しだけ興味が湧《わ》いた。

私が彼のような屈託のない笑顔を殿下に向けられたのは、もうずっと遠い彼方《かなた》の記憶《きおく》である。

◆◆◆

それから部屋の外に連れ出され、用意された馬車に乗り、町を案内してもらえるのかと思っていたが、何故か目の前にそびえる巨大《きょだい》な山の中へと私はやってきていた。

『人の手に負えない、それがこのユーダイナ山脈なんですよ』

と、歩き疲《つか》れた私に両手を広げて説明するラグナ。

踏み固められてもいない獣道《けものみち》をぐんぐんと進んでいく彼に、私はついていくのがやっとだった。

額を垂れる汗《あせ》を拭《ぬぐ》う。

動きやすい服装をしてきたのに汗で服がべっとりと身体《からだ》に張り付いて気持ち悪いが、それでも王都にいた時よりもずっとマシだった。

『歩こうって話もこんな山の中じゃなくて町の中だと思ってた……他にお店だったり、自然を利用した特産品だったりの紹介《しょうかい》とか……』

呼吸を整えながらそう言うと、彼は笑いながら返す。

『ハハハ、そんなもんないですよ』

『ええ……』

この笑顔は何だろう、少し憎《にく》たらしい。

『下手に領地を飾っても今更《いまさら》荒くれた連中には受け入れられないし、敵から魅力《みりょく》的だと思われれば被害《ひがい》は増えるので、ね』

彼の言葉通り、馬車の窓から見た町の風景に華《はな》やかなものは一切存在しなかった。

町も、ブレイブ家の屋敷のようにとにかく質素である。

町全体がいつ壊されても良いように作られている様子には、かなり衝撃《しょうげき》を受けたことを覚えている。

さらに、かなりの頻度《ひんど》で傷を負った住民の姿があって、指どころか腕《うで》や足すら失った者までいて、私の傷なんて……と痛感した。

これが捨て地。

それでも人はこの地に根付いて生きていて、屈託のない笑《え》みを浮かべて遊ぶ子供もいて、冒険者《ぼうけんしゃ》に憧《あこが》れているのか棒を片手にごっこ遊びをする姿が見えた。

王都で生まれ育った私にとって、旅行をしたとしても貴族向けの綺麗な観光地しか知らなかった私にとって、ここはまさに別世界である。

『唯一《ゆいいつ》の娯楽《ごらく》というか、次に誰が死ぬかの賭《か》け事は人気ですね』

『そ、そう……』

『一か月前に俺の親父《おやじ》が戦死することに賭けて儲《もう》けた奴《やつ》がいたとか』

『……』

とんでもない賭け事だと思うのだけど、本当に娯楽がないと人間とはそうなってしまうものなのだろうか。

ラグナの父親や兄弟は、先月戦死してしまったと聞かされている。

そんな状況で、笑顔で私の相手をしてくれている彼は、本当に優しい人間なのだろう。

『女性に対してする話じゃないですね、失礼しました』

『い、いや大丈夫《だいじょうぶ》。それがこの地で普通なら……』

そういうものなのだろうと受け止める。

たとえ叱咤されて見捨てられたとしても、両親が死んでしまったら私は笑ってはいられないだろうけど。

『あんまりここの普通に馴染《なじ》むのもどうかと思いますよ』

『なっ！　せっかく受け入れようとしてるのに！』

『受け入れようと思って受け入れられるほど甘くないですしハハハ』

『なんなのよ、貴方……』

近場にあった木に背中を預ける。

よくよく考えると、受け入れようとするのは私のエゴかもしれない。

ブレイブ領に住む人に失礼に当たるのか。

『俺だって未《いま》だに受け入れてないですし、受け入れたら死にますよ』

一息つく私に、ラグナは言う。

『ただ、深く知ることは大事です』

『深く、知ること……』

質《たち》の悪い冗談《じょうだん》や突拍子《とっぴょうし》もない失礼な行動の中に、彼は時折こうして私を見透《みす》かしたような言葉を投げかけてくることがある。

まだ語ってもいない、できれば語りたくもない、恥部《ちぶ》と言うか、もう二度と取り返しのつかない私の失態をまるで知っているかのように。

『敵も味方も同じ大地の上を生きる者同士なのだから、侮《あなど》らず過信せずどちらも深く知り備えよ——生き残りたければ』

受け入れがたい土地だろうが深く知ればまだマシになる、と彼は後に付け加えていた。

彼の言葉はまったく別のことを話しているはずなのに、私の失態と重なっているようで心に深く突き刺さった。

『この地を知った上で、みんな戦っていますよ。全部自分で決めて』

『そうね……住んでる方々《かたがた》の顔つきも見ていたけど、噂《うわさ》に聞いていたような場所じゃないなって思った』

『悩《なや》んだ末の決断を、ブレイブ領の者たちは笑わないですから』

だったら私は笑われてもおかしくない。

自分で決めてすらいなかったのだから……。

『まーた何か湿《しめ》っぽい感じになっちゃいましたね？　笑って済ませて良いですよ。生き死にを賭けて笑い話にするような場所ですし？』

黙っていると彼は頭を掻《か》いてハハハと笑っていた。

その姿は年相応に見えてなんとも頼《たよ》りない印象を抱《いだ》くのだけど、核心をついた言葉を並べる時の彼の雰囲気《ふんいき》は、学園にいた貴族たちの誰よりも、それこそ殿下よりも大人びて見えた。

『笑えって言ったり、笑わないって言ったり、意味不明ね』

『それだけ刹那《せつな》を生きてるってことですかね？　ハハハ』

本当にちぐはぐで不思議な男。

それから「もうすぐもうすぐ」と言われながら崖《がけ》を登らされた。

はしたなく息を荒くしていると「崖登りに慣れてないだけ」だといらないフォローを受けたが慣れたくはなかった。

でも――。

手を掴まれたまま崖から宙吊《ちゅうづ》りにされた時は、この男を信じないと固く決意したし軽く恨んだ。

『わ、ぁ……』

——必死の思いで登り切った崖の先にある景色を見た時、私のどうでもいい小言の様な思いは全て吹《ふ》き飛んでしまった。

『俺のお気に入りの場所です』

他にもごちゃごちゃ言っていたけど、そんなものは何一つ聞こえない程に捨て地、いやブレイブ領は大きかった。

本当に、本当に、今まで悩んでいたものすべてが、失ったものすべてが、王都という小さな箱庭で起こった戯言《たわごと》に思えるほどに。

『ちっぽけ……ね』

思わず呟《つぶや》くと、ラグナはまた関係のないことをぶつくさ言い始めたが、そういうことじゃないと言っておいた。

しゅんとした表情は少し面白い。

危険な山に連れてこられて、崖に宙吊りにされたお返しができたみたいで少し楽しかった。

学園での派閥《はばつ》争いとか、婚約破棄とか、この感動を前に全部どうでも良くなってしまいそうだったのだが踏みとどまる。

公爵家で育ってきた思い出や殿下への想《おも》いは紛《まぎ》れもなく本物であって、それをどうでもいいと忘れてしまうことは良くない気がした。

未だにどうすれば良かったのか、これからどうすれば良いのか、わからないことだらけだけど、隣に立つ彼ならば……と、聞いてみる。

『ラグナ様、貴方に一つ聞きたいのだけど』

『呼び捨てで良いですよ。滅多《めった》に様付けされないので慣れてないです』

……相変わらず空気が読めないと言うか、なんなのこの男。

ならお互《たが》い敬語はやめましょうと適当に言い包《くる》め、改めて尋ねる。

『ねぇラグナ。散々《さんざん》悩んだ上で決断して、その結果も受け入れようと努力して、それでも……それでもどうしようもなく後悔《こうかい》してしまった時、貴方ならどうする？』

『時が解決するって回答は……綺麗ごとかな？』

自分でもわかっているのか、ラグナは黙ったままの私の表情を読み取って真剣《しんけん》に答える。

『何かを決断したらもう一方を選べなくなるのは当たり前のことで、恨みを晴らしたとしても戻ってこないよ』

真意を見透かしたような回答。彼は恐《おそ》らく知っている。

婚約破棄されてしまったのは事実だが、その全貌《ぜんぼう》について。

『……少し前の話だけど』

何を言われるのだろうかと待ち構えていると、彼はぽつりと呟いた。

父親が死ぬことに賭けられていただの、この地ではすぐ死ぬだの、人の生死を笑い飛ばしながら語っていた今までとは大きく違って、彼の口から家族が戦死した状況が真剣に語られる。

追いかけて殺したそうだ、父親を討った敵の兵士を。

戦死することは、ブレイブ領では名誉《めいよ》らしい。

だから私怨《しえん》を持って戦ってはいけないと、彼は口酸っぱく教えられてきたそうだが止まれなかった。

信頼《しんらい》していた父親が負ける程に不利な状況でも、どれだけの犠牲《ぎせい》を払ったとしても、今まで共に過ごしてきた家族を殺された彼は、敵兵を追いかけて仇討《あだうち》したそうだ。

人手不足なブレイブ家の状況も何もかも、そうした無理やりの行動によって出た犠牲によるものだと彼は自嘲《じちょう》する。

『――どれだけ当たり前だと思っていても後悔はするんだよ。でも、その時に気が付いたんだ。そう思えるほどに愛してくれてたってことと、まだ残ったみんながいることにね』

眼下に広がるブレイブ領を眺《なが》めながら彼は言葉を続ける。

『何もなくなったわけじゃないし、まだ残ったものがたくさんある。だから俺はなりたくもない貴族を頑張《がんば》ろうと思うし、行きたくもない学園に行こうと思ってるんだよね』

まだ残ったものがたくさんある、か。

彼の言葉を真剣に聞いて、私にも何か残されたものがあるのか考えたが、今まで通りもう何もなかった。

それもそのはず、私が見ていたものは殿下本人ではなく、将来王となった殿下の隣に並ぶ自分の姿だけだったのだから。

『……何も残ってなかったとしたら？　生まれてからずっと自分が為《な》すべきことだって教えられてきて、そのためだけに生きてきて、でももう二度と叶《かな》わないものだったとしたらどうするわけ？』

『死んでないなら残ってるよ』

『残ってない！』

思わず声を荒げてしまう。

『過去の私は死んだんだから……公爵家としての私は……だからこの捨て地に……はっ、ごめんなさい失言だった』

勢いに任せた行動は失敗にしかならないと身をもって学んだはずだったのに、また子供みたいに情けない。

左目の火傷の痕が疼き、心がチクチクと痛くなっていく。

この消えない傷がある限り、どれだけ忘れようとしても決して忘れることはできない。

足元に底なしの沼《ぬま》があるみたいで、もがけばもがく程にずぶずぶと暗く深い底に沈んでいくような感覚がした。

ラグナの言葉のように、復讐《ふくしゅう》を果たしたとしても隣に並べるのは私ではない誰かに決まっているので満たされることは二度とないだろう。

……いっそ、この崖から身を投げてしまえばどれだけ楽なのだろう？

くだらないことで悩む私はちっぽけだな、と思わせられたこの風景も、私の目が曇《くも》り果て何もかもが見えなくなってしまえば、なんてことはないただの風景でしかなかった。

視界が霞《かす》んで、全身の力が抜けて、今にも転げ落ちてしまいそうになったその時――。

『――アリシア、俺がこの先ずっと君を守るよ』

唐突に、私の耳にそんな言葉が聞こえて、霞みかけていた視界は鮮明《せんめい》になり、真剣な表情で立つラグナを映す。

『……はあ？』

今、なんて言ったんだろう。

聞き間違《まちが》いじゃなければ、この先ずっと私を守るって？

困惑《こんわく》する私に、彼は言葉を続ける。

『公爵令嬢としての君が死んでるなら、今目の前にいる君はブレイブ家に嫁いで来たアリシアだよね』

そして小指を差し出す。

『だったらこれだけは約束できるよ、必ず守るって』

私の問いかけに対する答えには、まるでなってなかった。

でも実際に私が答えきれるかと聞かれれば、とても難しくてきっと「時間が解決する」程度の戯言しか言えないだろう。

難題に対して、考え抜いて考え抜いて、そうして出した彼の答えは守る約束の指切りげんまん。

『今朝から思っていたのだけど、本当に突拍子もない言動が多いのね』

そう告げると、彼は照れ臭《くさ》そうに頭を掻いていた。

『いやあ、どうにかこうにか気の利いた言葉を探してみたんだけど、ブレイブ家の男児ってこういう状況には慣れてないし、思ったままの言葉しか出てこなかったよ』

『……ふふっ』

そんな姿に少し笑ってしまった。

屈託のない笑顔と裏表のない言葉には、誇りをもって刹那を生きるブレイブ領の生き様のようなものが表れていた。

貴族社会特有の虚飾《きょしょく》や欺瞞《ぎまん》などのドロドロとしたものは一切ない。

着飾《きかざ》らず、そのままの自分で今の私の目の前に立つ姿は、格好良く童心に帰ったような気持ちになって、今まで忘れていたものを思い返させるような感覚がした。

『やっぱりおかしかった？　言ったことないセリフだったしなあ、親父も兄さんたちも背中で語る様なタイプだったから……』

慌《あわ》てるラグナに言っておく。

『実はね、私も面と向かって言われたのは初めてなの』

真《ま》っ直《す》ぐに私の芯《しん》の部分を見据《みす》えて言われたのは。

『え、公爵令嬢なら色んな人から言われてると思ってたよ』

『突拍子もなくそんな言葉を吐くタイプは煙《けむ》たがられるものよ？』

『くそぉ……今後学園に通うことを考えて密《ひそ》かにやっていた良い感じのセリフ練習が無駄《むだ》になってしまった……』

『なにその馬鹿みたいな練習』

戦乱で血みどろの人生を歩みながらナンパの練習を行う、そんなちぐはぐさには笑うどころか呆《あき》れそうになった。

本当に不思議な人。

『でも私は嫌《きら》いじゃない。わかりやすくて』

たぶん、幼少期の私ならダサいと思っただろう。

貴族社会を生きて、失敗を経て、殿下の言葉を胸に自問自答を繰《く》り返した今だからこそ、真っ直ぐな言葉は心に届いた。

位の高い貴族は、個人よりもその地位を見られる。

きっと殿下も同じだったのだろう。

伝統を重んじる貴族社会において、自分を見てもらえない、理解してもらえない、そんな状況にうんざりしていたのだ。

今だからわかる、私は婚約破棄されて当然である、と。

『確かに貴方の言う通り、複雑に考え過ぎてたかもしれないわね』

景色に目を向けると、どこまでも続く地平線が見える。

『ちっぽけ、ちっぽけよね。無くなっちゃった過去に縋《すが》りついて、いつまでもうじうじしているだなんて……』

『ま、人間なんてそんなもんだよ』

『でもブレイブ家では、そういうのはご法度《はっと》とでも言うのでしょう？』

『うん、一回は仕方ない。次から切り替《か》えていくことが是《ぜ》だね』

今までの私はもう死んで、今はブレイブ家のアリシア……か。

ぽっかりと空いていた心の隙間《すきま》がすっと埋まるような感覚がする。

ここに居ることは罰じゃないのだ。

新たな門出ということで気持ちを切り替えよう、ブレイブ家だとそうなんだから。

『これから私と一緒に学園に戻ると、たぶん貴方もたくさんの視線を集めるでしょうね。正直、居場所なんてないだろうし、敵意や害意も多いと思うのだけど……それでも守ってくれるのかしら？』

そういいながらラグナに小指を差し出すと、彼は強く結んでくれた。

『そういうのは得意だから任せて』

端《はた》から見れば、幼い頃によく読んだ勇者と姫《ひめ》が結ばれる本の様なロマンチックな掛《か》け合いだが、互いに顔に傷がある様は少し笑える。

婚約破棄された令嬢と捨て地に生きる辺境伯。

物語の登場人物としては天と地ほどの差があるのだけど、今の私にはそれがお似合いですごく心地好《よ》かった。

『アリシア、ちょっと待って今の誓《ちか》うところをやり直したい』

『……はあ？』

急に現実に引き戻された気分だった。

いや、ロマンチックの欠片《かけら》もなく失礼な男だとは薄々《うすうす》感じていたじゃないかアリシア、と何とか自分をなだめる。

ラグナにこういうことを期待してはいけないのだと。

『ちょっと待ってね、今すぐ呼ぶから――オニクス！』

ラグナが叫《さけ》んだその瞬間《しゅんかん》、空から巨大な黒竜《りゅう》が私たちの目の前に降り立った。

見たことがないから本当に竜なのかわからないけど、その姿は昔見た絵本に描《えが》かれているものとそっくりで本能的に竜だと頭が理解した。

しかも黒竜。

勇者と姫の物語の中では邪悪《じゃあく》な存在として描かれているような黒竜が、大きな顔を私に向けてギロリと睨んでいる。

目が合った時、一瞬《いっしゅん》で私は意識を失った。

これが私とラグナの出会い。
ロマンチックの欠片もない、でも……それくらいで丁度良いのだ。

第2章　いよいよ乙女《おとめ》ゲーの舞台《ぶたい》、王都へ

魔《ま》虫を操っていた魔術師《まじゅつし》を倒《たお》してから、屋敷《やしき》の外は見違《みちが》えるように綺麗《きれい》になっていた。

ノイローゼになってしまうくらい大量だったので本当にスッキリ。

ついでに言えば、アリシアが気晴らしに始めたガーデニングによって我が家には緑が溢《あふ》れ見栄えも良くなっている。

「二十日で育つ大根の収穫《しゅうかく》が出来なくて残念ね」

「アリシア様、育ち次第《しだい》、学園に送り届けます」

「屋敷のみんなで食べてもらえる？　そのために作ったのだし」

ちなみにガーデニングと呼べるのは屋敷の門から玄関《げんかん》口までのごく一部であり、裏手の庭は野菜オンリー。

何故《なぜ》いきなり家庭菜園を始めたのだろう？

悪役ではなくなった令嬢《れいじょう》は、みんな農家を始めるのか？

最初はそんな疑問を浮《う》かべていたのだが、単純に彼女《かのじょ》は今までやったことないことを全部やってみたいそうだ。

今の自分は公爵《こうしゃく》家ではなくブレイブ家であるとして、今まで立場的に見向きもしてこなかったこ

とを経験してみたいとのこと。

ええ子や、ええ子。

「私たちで食べて良いって、もったいなくて食べれませんよ……」

「ああ、学園に行くのは坊《ぼ》っちゃんだけにして欲《ほ》しいです……」

「アリシア様は残っても良いんですよ、屋敷に……」

「使用人一同、とても寂《さび》しいです……しくしく……」

屋敷の使用人たち全員が目に涙《なみだ》を溜《た》めて彼女の周りに集まっていて、すっかりブレイブ家になくてはならない存在になっていた。

すごいぞ、アリシアは仕事の手伝い以外にも炊事洗濯掃除《すいじせんたくそうじ》などの全《すべ》てをプロである使用人たちと同じ水準でこなすことができる。

そりゃそうだよな？

それ以外にあまりやることがないブレイブ領で、今まで貴族の高等教育に割いてきたリソースが全て家事に注がれたわけだ。

ハイパー家庭的な才女ができて然《しか》るべきである。

「学園生活は大変ですから！　何かあればすぐにお呼びください！」

「大丈夫《だいじょうぶ》よ。人手不足なんだから無理しないでね？　そのために一人《ひとり》で生活できるようになったんだから」

「アリシア様、何かあればいつでも私たちを頼《たよ》ってくださいませ！」

使用人の侍女《じじょ》とアリシアのそんな会話は非常に嬉《うれ》しく思うのだけど、この扱《あつか》いの差には納得《なっとく》がいかない。

「俺《おれ》には一言もないんだな……ハハハ……」

この屋敷で生まれ育って、初めて王都へ向かうんだ。

敵国以外で初めての領地外なんだけど、なんでだ？

「うわー、汽車の乗り方とかわかんないなー？　怖《こわ》いなー？」

「いやはや、何とも子供染みたセリフですな」

「……うるさいやい」

構って欲しくて声にしてみたのだが、隣《となり》にいたセバスの一言で恥《は》ずかしくなったので口を噤《つぐ》む。

「アリシア様、坊っちゃんをよろしくお願いします！」

「何かあればすぐに叱咤《しった》してくださって良いですからね！」

「首輪があります。小さい頃《ころ》に付けられていたものです」

「ええ、首輪……？　そんな躾《しつけ》だなんて……」

行き過ぎた使用人たちの言葉に、逆に困惑《こんわく》するアリシアだった。

冗談《じょうだん》に聞こえるかもしれないが、本当に付けられていたぞ。

当時は「異世界だーワクワク」って感じで、危険な山の中に平気で入って行く程のやんちゃ坊主《ぼうず》だったからね。

「ごめんねラグナ、少し待たせちゃったかしら？」

「いや大丈夫だよ、ハハハ……ハハ……」

やっと解放されて馬車の前で待つ俺とセバスの元へ駆《か》け寄ってきたアリシアの手には、しっかり首輪が握《にぎ》られていて思わず乾《かわ》いた笑いが漏《も》れた。

「坊っちゃん！　アリシア様に何かあったら絶対に許しません！」

「何かあったら雑巾《ぞうきん》の搾《しぼ》り汁《じる》コーヒーですよ！」

「わ、わかってるよ……」

ウチの使用人連中と来たら、まったくとんでもない奴《やつ》らだ。

「本当に好かれてるわね？　ふふ、少し羨《うらや》ましい」

「いや、まあ……そうか」

屈託《くったく》のない笑顔をアリシアから向けられると、君の扱われ方のが羨ましいとはとてもじゃないが言えなかった。

常に最前線に立つブレイブ家の血筋は、誰《だれ》かを顎《あご》で使うのはそこまで好きじゃないのでこれで良いのさ。

「では行きましょう。馬車へお乗りください」

セバスの声に従って、俺とアリシアは馬車へと乗り込《こ》んだ。

いよいよ物語の舞台となった王都の貴族が集まる学園へ。

「……」

隣でゴクリと生唾《なまつば》を飲み込む様な僅《わず》かな音が聞こえた。

アリシアの身に纏《まと》う雰囲気《ふんいき》から、まだ学園に言い知れない不安を抱《かか》えているのが伝わってくる。

どれだけ気丈《きじょう》に明るく振舞《ふるま》ったとしても、彼女の心に刻まれたトラウマの中心地であるから仕方がない。

「アリシア、情けないお願いなんだけど、さ……」

「なに？」

「駅に着いたら切符《きっぷ》の買い方と汽車の乗り方を教えてください」

「……ぷっ」

情けない俺のお願いに、彼女は思わず吹《ふ》き出していた。

「笑うなよ！」

行ったことない場所で、使ったことのないインフラ。

そりゃ不安にもなるだろう？

近世ヨーロッパ風の世界ではあるが、主人公が学園でフラグを立てた攻略《こうりゃく》対象と各地でご褒美《ほうび》イベントを消化する都合上、辻褄《つじつま》を合わせるように乗り物とかはそれなりにあるんだ。

ほんと、歪《いびつ》な世界だぜ！

「ふふ、任せなさい。王都の駅はかなり人が多いから、迷わないように首輪でも付けておく？」

「え、いやそれは普通《ふつう》に遠慮《えんりよ》します……」

それどんなプレイ？

学園に辿《たど》り着く前に王都であらぬ噂《うわさ》が立ってしまうじゃないか。

それから物語で特に名前も出てくることがなかったブレイブ領の隣の領地で馬車から汽車に乗り換《か》えて、俺たちは王都エーテルへとたどり着いた。

駅でセバスと別れた時は、不覚にも寂しかった。

この世界で生まれてきてからずっとブレイブ家に仕えているセバスは、両親を失った俺にとってはほとんど親に近い。

一生の別れではなく、長期休暇《きゆうか》には実家に帰るつもりだったのだけど、心の隙間《すきま》にスッと割り込むこのホームシック感には戸惑《とまど》いを隠《かく》せない。

そう考えると、単身でブレイブ家に来たアリシアは、俺よりもずっとずっと大人びているようにも思えた。

「へー、ここが王都か」

ゲームの知識によって王都エーテルがどんな都市なのかは知っていたのだが、イベントで用意されていた場所以外の詳細《しようさい》は全く知らない。

だからこそ、初めてこの目で見る王都はすごかった。

まず、魔術《まじゅつ》大国であることを象徴《しょうちょう》するかのような、超巨大《ちょうきょだい》なドーム状の守護障壁《しょうへき》が目を惹《ひ》く。

この障壁は、国を興した賢者《けんじゃ》の傑作《けっさく》であり、長きに渡《わた》って王都を守り続けていた。

その平和と安寧《あんねい》を享受《きょうじゅ》するために、超巨大なドームの中にこぞって人が集まるため、王都は百万にも達《たっ》する人口を誇《ほこ》っている。

「明らかに人口密度おかしくない？」

城下町の建物は、全てが基本三階建て以上であり、とにかく密集して建てられていた。

「だからみんな旅行が好きなのよね」

俺の呟《つぶや》きにアリシアが答える。

王都の人々は休日に旅行をすることが多く、その度にどこに行ったか自慢《じまん》大会が貴族同士で繰《く》り広げられて鬱陶《うっとう》しいそうだ。

各地でイベントを展開する物語の都合上だと思っていたが、これだけ密集して息苦しいとそんなもんか。

「貴族の住まう区域はまだ広々《ひろびろ》としてるけど、ブレイブ領に比べたらせまっ苦しくて仕方ないわね」

「いや、ブレイブ領と比べるのはちょっと」

王都に来る途中《とちゅう》、隣の領地も見たけどさ？

ブレイブ領は本当に何もないんだなと痛感してちょっと悔《くや》しかった。

それにしてもこのギチギチ密集具合、乙女ゲームの無理やり設定世界だとしてもやり過ぎだろ。

まあ昔から安全が保障された障壁があるのならば誰だってこの中に住もうと思うしこうなるか？

歪《ゆが》んでる、歪んでるよ！

絶対に破られない盾《たて》は諸外国から脅威《きようい》に思われてしまうからこそガス抜《ぬ》きがてらに共謀《きようぼう》して戦争をするんだろうね。

相変らず色んな所にしわ寄せがありそうだ。

「でもまあ、飽《あ》きなさそうだ」

「それはそうかもね」

学園に通うことになるのは非常に面倒《めんどう》くさいが、こうした異世界の都市には憧《あこが》れがあったのでかなりワクワクしている俺がいる。

乙女ゲーの世界だとしても異世界の都市なのだから、異世界美味《おい》しい物めぐりを是非《ぜひ》ともしようじゃないか。

割と好きだよＢ級グルメみたいなもの。

さっそくだが、学園に向かう馬車の窓から美味しそうな匂《にお》いを漂《ただよ》わせる屋台が見えている。

「串焼《くしや》きか？　美味しそうだなあ」

「何よお腹《なか》を空《す》かせた子供みたいに、ブレイブ領の食事も十分美味しかったじゃない」

「いや、俺の食事って魔物《まもの》が平気な顔して出てくるから」

「ああ、そうだったわね……」

本当に特殊《とくしゅ》な家系だよ。

強さの秘訣《ひけつ》がそこにあるのかもしれないと真似《まね》する奴がいそうだが、別に変らないし大して美味しくもないからオススメはしない。

美味しかったらみんな食ってるもんな、魔物を！

ただ食える魔物を覚えておいて、食べることに抵抗《ていこう》を無くしておくと、戦に負けて山とか森とか魔物のいる場所に遁走《とんそう》した際、生き残る確率が高くなる。

いつの代か知らないが、それで運良く生き延びてしまったブレイブ家の領主がいるんだとさ。

まったくはた迷惑《めいわく》な話だ。

「ラグナ、他には楽しみなことはある？」

「うーん、ダンジョンの授業も楽しみかな」

何故かこの守護障壁内にはダンジョンが存在する。

古《いにしえ》の賢者が残した古代遺跡《いせき》みたいな形で、実践《じつせん》的な魔術を使う授業の際にそのダンジョンが使われるのだ。

主人公が窮地《きゆうち》に陥《おちい》って、そこに颯爽《さつそう》と攻略対象キャラクターが現れて一緒《いつしよ》に難関を乗り越《こ》えていくためだけに用意されたご都合ダンジョンだが、割と本格的なダンジョンなので楽しみである。

「ふふっ」

そんな童心に返る俺の様子を見て、アリシアは顔を綻《ほころ》ばせていた。

「楽しそうね」

「そりゃもう、一人じゃないからね」

これから始まる学園生活がどうなるかなんて最初から決まっている。

捨て地の貴族と婚約破棄《こんやくはき》された令嬢だぞ？

軽蔑《けいべつ》されて当たり前だし、その覚悟《かくご》はとっくの昔に決まっている。

当初は地獄《じごく》だなんだと嘆《なげ》いていたが、隣に座《すわ》る元悪役令嬢はとても素敵《すてき》な絶世の美女だ。

俺たちは物語の端役《はやく》に甘《あま》んじて、可能な限り主役たちと絡《から》まないようにしながら好きなように学園生活を送るだけである。

「あ、面倒な奴がいたらすぐに言ってよ？　やっとくから」

「手を上げるのは禁止。貴方《あなた》は戦争を何度も生き延びて、竜《りゅう》と引き分けるレベルなのよ？」

首輪をスッと目の前に出されたので大人しくハウス。

面倒な生徒がいたら脅《おど》すくらいはこっそりやっておこうと思ったのだが、バレたら本当に首輪をつけられそうだ。

「ラグナ、貴方がいれば私は何を言われても平気だから」

「アリシア、たぶん君は俺より強いと思うよ？」

「さすがにそれはあり得ないから」

腕《うで》っぷしではなく、それ以外の全てで優《まさ》っていると心の底から思うのに、アリシアは笑って聞き

らね。

精神的な地獄に耐《た》える心を持つ人なんて歴戦の兵士でも中々いないことを俺は良く知っているか

流していた。

◆◆◆

物語の舞台である学園について、少しだけ語ろう。

エーテルダム学園と呼ばれる国の名を冠《かん》した学びの園には、この国の貴族の令息令嬢がほぼ全て集められていた。

家督《かとく》を継《つ》ぐ者は強制的に入学させられ、そうじゃない者でも学費や寮費《りょうひ》を払《はら》えるのならば問題なく入学できる。

この時、爵位《しゃくい》や立場に応じてクラスが分けられ、男爵《だんしゃく》以上で家督を継ぐ者もしくは伯爵《はくしゃく》位以上は例外なく上位クラス、そうじゃなければ下位クラスとなる。

簡単に覚えるならば、王族と結婚《けっこん》できるかもしれないのが上位クラスで、そうじゃないのが下位クラスって感じだ。

そこに追加して魔術適性や知識が特別だと認められれば、平民でも『賢者の子弟《してい》』と言う立場で特例として入学を許可される。

いわゆる平民枠《わく》で、問答無用で上位クラスに身を置くことになり、乙女ゲーにおいてはここが主人公ポジションなのだ。

学ぶことなんて変わらないのだし、下位の方が面倒がなくて良いんじゃないかと思うのだが、古の賢者の言い伝えに則ってそうなっている。

ふわっとしていて意味が分からんよな？

さて本題だ。

正直言って、アリシアが元々居た上位クラスには敵しかいない。

可能であれば下位クラス行きが正解ルート。

それに上位クラスになんて行ってしまえば、もう主人公たちのハチャメチャ学園ラブコメディの巻き添《ぞ》えになってしまう。

捨て地とは言え、俺は公爵家と婚姻《こんいん》可能な辺境伯《へんきょうはく》。

立場的には上位クラス行きなのだが、王都では捨て地差別が横行しているので幸いにして下位クラスが確定していた。

アリシアも公爵家だが、今の預かりはブレイブ家。

使用人を帯同することも認められないほどの虐《しいた》げられっぷりだったので帯同必須《ひっす》な上位クラスの特別な寮《りょう》には入れない、だから俺と一緒の下位クラスだ。

……と思っていたのだが、蓋《ふた》を開けてみれば何故か二人で一緒に上位クラス入りが決まっていた。

「おかしい！　おかしいよ！」

「やめなさい！」

ゴッゴッゴッと机に頭を叩《たた》きつけているとアリシアに怒《おこ》られる。

「ここの机は貴方の実家みたいに丈夫《じょうぶ》じゃないの！」

さらにお互《たが》い別の寮に案内されると思っていたのだが、何故か特別寮の敷地《しきち》から少し離《はな》れた場所に存在する古い洋館に向かわされた。

『何を言われても我慢《がまん》するから貴方も突拍子《とっぴょうし》のない行動はしないでね』

『わかった、女子寮《じょしりょう》でも危害を加えられそうになったら飛んでいくよ』

『やめなさい、退学になる』

と、決意して別れた後だったのですごく気まずかった。

監視《かんし》する使用人もおらず、一つ屋根の下での生活を余儀《よぎ》なくされるとは、この学園の風紀はどうなってるんですか。

「どうやらセバスが私の実家に働きかけたそうよ？」

「え、セバスが？」

「この家に来たら手紙が置いてあって、書いてたの」

セバスの手紙にはこう書いてあった。

オールドウッド公爵家としては、どれだけ失態を演じた娘《むすめ》だったとしても上位クラスから下位クラスに行くのは認められない。

かと言って、使用人を付けて何事もなかったかのように復学させるのは他の貴族から舐《な》められるのでできない。

だからセバスは提案した。

生き恥《はじ》を晒《さら》したまま学園生活を送らせるようにすれば、公爵家としても相応《そうおう》の処置を下したと思われますし他の貴族も納得しましょう、と。

そんな感じで上手《うま》く理屈《りくつ》をこねくり回して、この使ってない謎《なぞ》の洋館を寮代わりにすることが決まったそうだ。

「まるで腫《は》れもの扱いよね」

困ったように笑うアリシアだが、俺は彼女の両親の優《やさ》しさのようなものを感じていた。

「挽回《ばんかい》のチャンスじゃない？　むしろ一番都合が良いと思う」

生き恥なんて既定《きてい》路線で、信頼《しんらい》できない使用人を無理やり付けられた上での寮暮らしは辛《つら》いだろう。

今の状況《じょうきょう》で良い成績を維持《いじ》したまま卒業できれば、多少の失敗くらいは帳消しにできるはずだ。

「それに俺が君を守り易《やす》いよ。ここならウチで暮らしていた時とそんなに変わらないと思うし」

寮問題を解決してしまえるとは、さすがセバスである。

「そうね、そうよね？　気持ちを切り替《か》えないと！」

何度か頷《うなず》いた彼女は、両頬《ほほ》をペチンと叩いて気合を入れた。

「まずは部屋の掃除からかしら？　しばらく使ってないみたいだし、貴方の屋敷より汚《きたな》いもの」

「え、ウチと比べる必要ある……？」

「貴方の部屋と比べられないだけマシでしょ？」

「えっ」

なんかブレイブ家の使用人たちの口癖《くちぐせ》が移ってない？

なんかヤダ！　すごいヤダァ！

「生活用の家財は事前に運び込まれてるみたいだからありがたいわね。ラグナ、重たい物は任せるから」

「うん」

他の生徒もいる寮だと息つく暇《ひま》もなさそうだから、安らげる空間ができただけでもかなり良い環《かん》境《きょう》だと言えた。

「ねぇ！　ここ裏庭があったわよね？　ここでも野菜育てちゃおうかしら？　どうせ誰も見に来ないだろうし、良いわよね？」

「良いと思うよー」

うーん、だいぶ逞《たくま》しくなってるな。

出会った頃とは大違《ちが》いのアリシアを見送りながら手紙を眺《なが》めていると、魔力《まりょく》で書かれた文字がぼんやりと浮かび上がっていた。

これは特別な訓練をしていないと読めない、ブレイブ式魔力文字。

『──避妊《ひにん》用具は坊っちゃんの部屋に隠しております。御《ご》武運を』

手紙でもうぜぇ、もっと他に伝える内容があったんじゃないのか。

紙の無駄《むだ》だと思っていると、さらに下にこんな文章が。

『坊っちゃん、私が何とか出来たのはお二方を共に生活させることのみでして、元々下位クラス予定だった坊っちゃんが上位クラスに入るには、別に試験を受けなければいけません。試験は実力勝負ですので、ご自身で頑張《がんば》ってください』

なるほど、どんな試験があるのかわからないが、実力勝負なら合格して見せるのがブレイブ家の血筋ってもんだ。

その日の内に上位クラス編入の試験があるということで、俺は部屋のことをアリシアに任せて呼び出された場所へと赴《おもむ》いていた。

学園内に存在する修練用の建物は、現代の言葉で表現するならば体育館とでも言うべきか。

あ、普通に看板に体育館と書いてあるから体育館で良いらしい。

魔術の修練以外にも身体《からだ》を動かす剣術《けんじゅつ》等の授業もここで行われるようで、屋内壁際《かべ》には大量の木剣《ぼっけん》と打ち込み台が並んでいた。

「どう考えても座学試験じゃなさそうだな」

学園指定のジャージを着て来いとのことで、一年用の緑色ジャージに身を包んで体育館へと入る。

な、なんで異世界にジャージが⁉　とはならない。

ここは乙女ゲーの舞台であるエーテルダム学園であり、あらゆるご都合主義や矛盾《むじゅん》が行き交うクソみたいな場所だからだ。

ゲーム内でも見ることのなかったアリシアのジャージ姿が拝めるので、ゲームの開発者にはグッジョブを進呈《しんてい》しておこう。

生の制服姿もまだ見ていないし、今後が楽しみだあ！

イケメンの制服姿には興味ないね、ぺっぺっ！

「お前がラグナ・ヴェル・ブレイブか？」

「はい、ラグナです」

「捨て地の貴族の癖《くせ》に、上位クラスの教師を待たせるな」

「来たことがない場所だったので迷ってしまって」

体育館には何とも高圧的な態度の教師が仁王立ちしていた。

「チッ、なんで私がこれの試験官なんかに……」

思いっきり聞こえる声で悪態を吐《つ》いている。

うーん、思った通りのマイナススタート。

実力勝負に自信はあるが、根底に差別がある限りマイナスからのスタートでは誰がどう努力しても難しい気がしてきた。

でもまあ、どうせマイナスならばそのまま振《ふ》り切ってしまえば良いんじゃないかと思っていたりする。

「聞こえてますよー。じゃあさっさと終わらせませんか？」

「チッ、口答えするなよ蛮族《ばんぞく》」

早く終わらせたいならいちいち悪態を吐かずに始めたらいいのに、また舌打ちをしている。

「まずは魔術の基礎《きそ》テストからだ、自身の最大出力をアレに撃《う》て」

バインダーを持った試験官は、ペンで黒いモノリスの様な対魔術用に作られた的を指していた。

「魔術に指定はありますか？」

「チッ、いちいちうるさいな。指定はないからとにかくやれ」

そう言われたので、さっそくやることにしよう。

「じゃ、いきます」

返事をしながら俺は無造作に正面の空間を殴《なぐ》りつけた。

ドッ！

衝撃《しょうげき》が体育館を揺《ゆ》らし、十メートルほど先に鎮座《ちんざ》する対魔術用の的は爆散《ばくさん》して粉々《こなごな》になる。

勢いは留《とど》まることなくその裏に伝わって、丈夫な石で作られたお洒落《しゃれ》な体育館の壁に大きな風穴を開けた。

オニクスをぶん殴った時以来だな、本気を出すのは。

「どうですか先生、合格ですか？」

「……な、は？　え？」

振り返ると余波で服がボロボロのビリビリになってしまった試験官が呆然《ぼうぜん》と立ち尽《つ》くしている。

「足りないですか？　さすがにあの的の耐久性《たいきゅうせい》じゃ測れないですよね……じゃあもう一回」

「いやもういい、もういい！」

差別に慣れちゃいるがムカつくものはムカつくので、慌《あわ》てる試験官を見て少しスッキリした。

これはあくまで試験であり、やれと言われてやっただけッス。

ちなみに何をやったのかと聞かれれば、目の前に小さな障壁を作って、それをぶん殴ってあの的に音速を超《こ》える速さでぶつけただけだ。

魔術は基本的に全て学んでおり戦術級の威力《いりょく》で使いこなすことができるのだが、俺が一番得意としているのは障壁なのである。

あ、ブレイブ家に一子相伝の魔術なんてない。

親父《おやじ》は身体強化の魔術が得意で、兄貴二人はそれぞれ回復と相手の魔術を打ち消す系の魔術が得意だった。

見事にバラバラ、しかも誰でも使えるような無属性系統である。

「で、先生、合格ですか？」

「……試験はまだある」

余程合格させたくないのか、苦虫を噛《か》み潰《つぶ》したような表情。

裏にいるんだろうな、例の公爵家。

「では次に行きましょう。先生も早く終わらせたいでしょう?」

「つ、次は剣術のテストだ」

「魔術大国で剣術ですか?」

「そうだ。脇《わき》にある打ち込み台を見たら理解できるだろう? 魔術に於いて優《すぐ》れていたとしても元となる身体がしっかりしていないと意味がない。学園ではそうした身体を作り込むために取り入れている。賢者は魔術の神だが同時に剣《けん》も扱えた」

俺が剣術を使えないと思ったのか、水を得た魚の様に元気になって饒舌《じょうぜつ》に語り出す試験官。

主人公って上位クラス入りしたけど、別に剣が得意なタイプじゃなかったけどな?

絶対に合格させたくない意思が伝わってきた。

「この私を倒すことができれば、合格だ」

「えっ」

「どちらも十分にできることが貴族としての嗜《たしな》み。片方にかまけて片方を疎《おろそ》かにしている者に、上位クラス入りを認めるわけにはいかない」

余程自信があるのか、それとも侮《あなど》られているのか、木剣を構えた試験官はそう豪語《ごうご》する。

そんな中、俺はもう言葉が出ないほどびっくりしていた。

試験官は、捨て地がなんで捨て地と呼ばれているのか知らないで俺を罵倒《ばとう》していたのだろうか？

魔物がたくさん出てきて、戦争も頻繁《ひんぱん》に起こる、だから捨て地だ。

「先生を……倒せばいいんですね？」

「そうだ。魔術を使うことは禁止だぞ、使えば即刻《そっこく》不合格だ」

「わかりました」

手渡《てわた》された木剣を構える。

「さらに私に負けた時点でも不合格だ。上位クラス入りを希望するお前のためを思って、全力で行かせてもらう」

「あっはい、どこからでもどうぞ」

「この！」

手短に言葉を返すと、試験官は額に青筋を浮かべながら踏《ふ》み込んだ。

謎の自信の裏付けとして多少心得があったのか、試験管の踏み込みはそれなりに速いものだったが動きが直線的過ぎて拙《つたな》い。

真剣《しんけん》での殺し合いなんてしたことがない、そんな剣筋。

「せいやぁっ！　ごべっ⁉」

ひょいと躱《かわ》してこめかみの辺りを打ち付けると、そのまま白目を剥《む》いて昏倒《こんとう》してしまった。弱過ぎんだろ。

ブルブル痙攣《けいれん》して失禁までし始めた試験官の木剣を取って圧《へ》し折ってみると、中に鉄が仕込《しこ》まれている。

「はあ、やっぱりな……そんなことだろうと思ったよ」

俺の木剣は顔を打ち付けた時点で折れているし、馬鹿《ばか》正直に打ち合っていたら確実に不合格だった。

こういう手合いは俺の剣が折れた後に言うんだよ「武器がないから戦えないので不合格だ!」とかね。

まったく、隙《すき》あらば退学にしてくるというアリシアの予想は、当たっていたことになる。

「ラグナ・ヴェル・ブレイブ」

呆《あき》れていると、体育館の入り口から声が聞こえた。

目を向けると、すっかりキューティクルの抜けてしまった灰褐色《はいかっしょく》パーマの髪《かみ》に、鷹《たか》の目の様な鋭《するど》い目つきをして、長く伸《の》びた髭《ひげ》を胸の辺りで束ねた初老の男が立っていた。

くすんだ色だが、細部に装飾《そうしょく》をあしらった上質なローブに身を包んだ人物のことを俺は知っている。

その名は【ヴォルゼア・グラン・カスケード】。

エーテルダム学園の学園長であり、賢者の称号《しょうごう》を持つ男の一人。

「騒《さわ》がしいと思えば、お主の仕業か」

「ええ、まあ」

　この国においてミドルネームのグランは公爵家の証《あかし》で、カスケード家はエーテルダムに三つある公爵家の一つである。

　何故知っているかと言うと、この爺《じい》さんはゲームにもよく登場していたからだった。

　偉大《いだい》なる賢者の創立した学園内において、いかなる貴族も平民もみな同じ賢者の学徒であり平等であると宣言できるほどに、できた人間として描《えが》かれていた。

　このゲームは貴族と平民の恋物語《こいものがたり》。

　身分の差によって悩《なや》む主人公たちを学園内でさりげなく助ける、そんな役回りのキャラクター。

「ふむ」

　粉々になった黒い的と大きく風穴の開いた壁、失禁して白目を剥く試験官と芯《しん》に鉄を仕込んだ木剣、それらに鋭い鷹の目を向けたヴォルゼアは短く告げた。

「合格」

「ありがとうございます」

　素直《すなお》にお礼を言っておく。

　ヴォルゼアは主人公サイドの登場人物なのだが、差別を良しとしない立場にあるので、俺がブレイブ家であってもフラットな目線を持っているようだった。

「お主に一つ尋《たず》ねたい……使える魔術は？」

「全部です」

この魔術大国でもっともポピュラーとされている火水風土の四元素も、氷雷などの亜種《あしゅ》元素も、光闇《やみ》聖邪《じゃ》正負の双《そう》極も、覚えて使えるものならば全て使える。

「して、その中で一番得意なものは？」

「障壁です。――だから全部覚えました」

ブレイブ領で生きていくには、運命に抗《あらが》うためには、一つでも欠けてはいけない。だから全部だ。

正直に答えると、ヴォルゼアは髭を少しだけ撫《な》でて何かを考えるようなそぶりを見せて告げる。

「ならば学科も免除《めんじょ》で良いだろう」

「良いんですか？」

「その言葉に嘘《うそ》偽《いつわ》りがないのなら、愚《おろ》か者の物差しでお主は測れん」

愚か者とは、白目を剥く試験官のことか、それとも表層しか見ることのできないアホ共か、はたまた権利の上に胡坐《あぐら》をかく腐《くさ》った奴らか。

ヴォルゼアの言葉には、色んな意味が含《ふく》まれてそうだった。

「お主の血にとって、下位も上位もさして違わん」

「はあ」

「その上で聞くが、お主は上位に入りたいか？」

別にすごく入りたくて仕方ないとか、そんなわけではない。

ただ――。

「そこに守るべき人がいますので」

運命に翻弄《ほんろう》された俺の婚約者《こんやくしゃ》。

「今年の学園は騒がしくなる。多数の運命が交錯《こうさく》し複雑に絡み合い、時には狂《くる》い、狂わされた者もいる」

意味深な言葉を投げかけた上で、ヴォルゼアは再び問いかけた。

「それでも上位に踏み入るか？」

「逃《に》げるつもりはないです」

「良かろう」

俺の目をジッと見据《みす》えたヴォルゼアは、少し雰囲気を柔《やわ》らかくさせると告げる。

「学園長の権限でお主の上位クラス入りを認めよう」

「が、学園長！」

タイミングよく目を覚ました試験官が、ヴォルゼアの言葉を聞いて慌てふためいていた。

「捨て地生まれですよ⁉　それに婚約者である元公爵令嬢はとんでもない事件を起こしています‼　上位クラスへの編入を認めてしまえば必ず学園の平穏《へいおん》を乱しますよ‼」

「愚か者‼」

一喝《いっかつ》。

「ひっ」

ヴォルゼアの張り上げた声に合わせて、身体からまるで滝《たき》の様な勢いで魔力が溢れ出し、試験官はその圧に腰《こし》を抜かして怯《おび》える。

「この学園の敷地内で貴様は何者だ？　貴族ならば今すぐ立ち去れ」

「……教師です」

下を向く試験官の顔から汗《あせ》がポタポタと垂れていく。

「ならば教師らしく振舞うことだ。問題が起きると思うのならば起こらぬよう道を指し示せ、二度と起こさぬよう道を示せ」

「は、はい……失礼しました……」

「では戻《もど》れ。壁を直すよう手配しておけ」

試験官は逃げるようにして体育館から去っていった。

その後ろ姿を見届けて、俺は改めてヴォルゼアに頭を下げる。

「ありがとうございます」

「良い。賢者の名のもとに生徒の身分による差別は良しとせんが、それ以外の要因で起こった問題には関与《かんよ》せん。身の振り方を勘違《かんちが》いして疎《うと》まれることは自己責任だ」

なんだか小難しく言っているが、つまりは差別以外に日頃《ひごろ》の態度が悪くて嫌《きら》われるようなことが起これば自分で何とかしろってことなのだろう。

なんかこの言葉、勘違いする人が多そうだから素直に「人の気持ちを考えた行動をしましょう」みたいにした方が良くないか。

「肝《きも》に銘《めい》じておきますよ。ブレイブ領では力の上に胡坐《あぐら》をかいた奴から死にますし……でも振りかざすべきだと感じた時は容赦《ようしゃ》しません」

それがブレイブだ。

「好きにせよ」

それだけ言って、ヴォルゼアも体育館を後にする。

無駄に意味深な言葉のやり取りだが、要約すると学園生活を謳歌《おうか》しろってことなのかな？

まあ俺はアリシアと楽しい学園ライフを送ることができれば、無駄に暴れ散らかすつもりはない。

「ラグナ・ヴェル・ブレイブ、伝え忘れていたことがある」

学園長がスタスタと早歩きで戻ってきた。せっかく格好良く立ち去ったのに。

「置かれる状況を加味して特例であの家を使わせてはいるが、お主らはあくまで学生の身分である。健全な交際を心《こころ》掛《が》けよ」

「あっはい」

鋭い視線、渋《しぶ》い声色から放たれたセリフがそれかよ。

心得ました学園長。俺はブレイブのケダモノになるつもりはないです。

「ただいまー」

無事に合格を果たして家に戻ると、制服姿のアリシアが迎《むか》えてくれた。

制服姿は、それはもう可憐《かれん》で美しくて、玄関を開けたらここは天国か何かなのかと見間違《みまちが》うほどだった。

生足ではなく黒タイツだが、うーんそれもそれで満点！

「ラグナ！　大丈夫だった？　変なこと言われなかった？」

「大丈夫大丈夫」

そんなことを真剣に考えている俺の元へ駆け寄って、まるで過保護なお母さんである。

「ここの学生って私も含めて親の影響《えいきょう》で特に差別がひどいし、それを容認する教師も多いから」

「そうだね」

元々この学園にいて、取り巻きたちから差別主義者の筆頭に祭り上げられていたアリシアは、とにかく心配だったそうだ。

アリシアの件に関しては、ただの区別だから仕方がないと思う。

いじめは良くないが、仮に学園内であっても平民が婚約者を差し置いて王太子とイチャイチャしていいわけがないのだ。

俺だって平民の冒険者《ぼうけんしゃ》と結婚するなんて許されないんだぞ？

入学早々のアリシアの一件は、そういった当たり前から生まれてしまった悲しき事件だとしておこう。

件《くだん》の王太子も周りが過剰《かじょう》に反応するってなんでわからないかな？

普通に考えて、今の彼女と別れるために他の女を使うのは、現代日本でもクズな男の行いである。

「魔術の実技は余裕《よゆう》で合格。色々あって学科は免除になったよ」

心配しているアリシアを安心させるためにそう言っておく。

「ラグナならあり得るわね、何がどうしてそうなったの？」

「どうしても不合格にしたい試験官がいて、ボコボコにしたら学園長が合格にしてくれた」

「……いや本当に何したの」

怪訝《けげん》な表情を向けられるのだが、本当に話したままなのだった。

「いやぁ、学園長は良い人だね」

「そうね。昔の私なら煙《けむ》たがってたかもしれないけど、今なら生徒のことを第一に考えた人格者だってわかる」

学園長がいなければ話はもっと拗《こじ》れていただろう。

あまり騒ぎを起こすのもアリシアが心配するので、上手くまとまってなによりだった。

「そう言えばずっと気になってたんだけど、ラグナの魔術ってどういうものなの？」

「別に普通だよ。全部できるけど障壁が得意って感じ」

その障壁だって適性が無くても簡単に使える魔術だ。

聖属性の内の一つで、あらゆるものを防ぐ透明《とうめい》の壁。

王都を覆《おお》う守護障壁と同じ。

「障壁が得意ってだけで学科が免除になるほど、魔術大国で一番大きな学園は甘くないわよ？　それで竜と引き分けるだなんて、正直言ってあり得ない。本当に障壁なの？」

「うーん、みんなが思ってる障壁とは違うかもなあ」

得意な魔術を人に教えることはあまりしないのだが、アリシアには話しておく。

彼女が淹《い》れてくれたコーヒーを飲みつつ、目の前に長方形の障壁を展開する。

「一般《いっぱん》的な障壁ってこんな感じで壁じゃん？」

「そうね。無詠唱《えいしょう》で出せることの方が驚《おどろ》きだけど……とりあえずそこはラグナだってことで納得しておくから、続けて」

口元をひくひくとさせながら笑顔で話を続けさせるアリシアは、もうすっかりブレイブ家に染まってきたなと改めて実感した。

でもラグナだから納得するって、若干《じゃっかん》俺に失礼では？　まあいいか。

「無詠唱だと壁だけじゃなくて色んな形にできるんだ」

「えっ」

普通は『聖なる女神《めがみ》の名のもとに守護の壁を生み出さん』とかなんとか長ったらしい詠唱が必要なのだが、それだと壁にしかならない。

無詠唱だと、長方形の壁じゃなくてドーム状とか円柱状とか、それ以外にも色んな形にできる。

それを証明するように、俺はコップ状にした障壁を作り出して、そこに持っていたコップからコーヒーを流し込んだ。

「わっわっ」

宙に浮かぶ黒い液体を見ながら慌てるアリシアは可愛《かわい》い。

「障壁ってこんなことができるの……？」

「良く考えてみてよ、王都を覆う守護障壁とか良い例だよ」

「ああ、確かに」

そう告げるとアリシアは納得していた。

あれだって立派な障壁であり、ドーム状だ。

「他にも普通の障壁と王都の障壁では違うことがあるよね？」

「……うーん、通すものを選択《せんたく》できる、とか？」

「その通り」

さすがは才女、話が早い。

「高度な障壁は形だけじゃなく何を通して何を弾《はじ》くかも自由にできる」

王都の障壁は人を通すが魔術は通さない。

それも障壁の外からの魔術は弾き、中から外に向かっての魔術は通すという馬鹿げた代物《しろもの》だった。

王都全域をカバーするには相当な魔力が必要になるのだが、いったいどうやって賄《まかな》っているのかはわからない。

「ってことは、王都の障壁みたいなことがラグナにはできるの？」

「もっと細かいところまでできるよ」

あまりにも巨大な王都の障壁とは違って、俺の用いる障壁は範囲《はんい》を限定的にしているからコスパが良いのだ。

「こんな感じで……っと」

コップ状の障壁に収まったコーヒーを下からすくい上げるようにして元のコップに戻す。

これは陶器《とうき》のコップのみを透過《とうか》するようにしたのだ。

「これは確かに実技で一発合格クラスね……」

「万能《ばんのう》かと言われたらそれに近いけど、できないこともあるよ」

アリシアのコップの中にある砂糖とミルクをたっぷり入れたコーヒーを砂糖とミルクとコーヒーに分離《ぶんり》することはできない。

金貨の中に混ざる銀貨とか、草にへばり付く虫とか、そういったものならばいけるのだが、混ざり合って一つになったものは無理だった。

「で、これでどうやって竜と引き分けるの？」

「えっと……」

ぐいっと顔を近づけるアリシア。

通す通さない以外にも複雑な要素が絡んでくるのだが、それを話す前にお腹が鳴ってしまった。

ぐぅぅぅぅぅ～。ちなみにアリシアのお腹の音な。

「ゆ、夕食にしましょ！　作れるようになったんだし私に任せて！」

顔を真っ赤にしてパタパタとキッチンへ走っていく彼女の背中を見送った。

そこで疑問が頭に浮かぶ。

何でアリシアは制服姿だったのだろうか？

授業に出るのは明日《あした》からで、俺みたいに試験もなかったアリシアは別に制服を着る必要がなかったのだが……まあ眼福だったしそんなことはどうでも良いか。

明日着ていくし、事前にサイズ感とか諸々《もろもろ》のチェックだろう。

◆◆◆

次の日からさっそく授業が始まるわけだが、想定していた通り生徒からの視線は多かった。

「あら、決闘《けっとう》騒ぎの傷物じゃない……もう戻ってきたのね？」

「自業自得よね、取り巻きにいじめを強要して、本当に不様」

「あれじゃもうどことも婚姻できないだろうな？　美人だったのに」

「でも格落ちしてれば妾《めかけ》にすることもできるんじゃないか？」

「傷物だぞ？　しかも捨て地に嫁《とつ》がされたって噂を聞いたぞ？」

他家の令嬢からは蔑《さげす》むような視線を向けられ、令息からは哀《あわ》れむように見せて値踏《ねぶ》みするような視線。

「ラグナ、無視して良いから。私は平気」

気丈に振舞っているアリシアだが、鞄《かばん》を持つ手は少し強張《こわば》っている。

「大丈夫、俺がいる」

「ふふっ、そうね。竜に誓《ちか》ったのなら安心ね。私は気絶してたけど」

小指を見せると彼女は少し微笑《ほほえ》んでいた。伝わったのなら良し。

アリシアが我慢するならば俺も目立った真似はしない。

ただ、彼女に明確な害意を向けるのならば、容赦はしないとだけ警告しておこう。

「うわっ、急に泡《あわ》を吹いて気絶したぞ！　大丈夫か⁉」

「医務の先生をすぐに呼んでくれ！」

喧騒《けんそう》の中を何食わぬ顔で歩くと、後頭部をアリシアに小突《こづ》かれた。

「やめなさいってば」

「ええ、何もしてないよ……」

妾発言していた奴に対して殺気をぶつけただけなのに、まさか気絶するなんて思わなかった。

内地は弱いな？　守護障壁の中でぬくぬくしてるからだろ絶対。

それから俺たちはそれぞれ別々の教室へと向かう。

さすがに組み分けまで無理を通すことはできず、俺とアリシアは別の教室で授業を受けることになってしまった。

休んでいたとは言え、彼女には元々の席が存在するので仕方ない。

元婚約者と同じ教室で授業を受けるハメになっているのはいささか心配だったのだが、ゲームの世界でも教鞭《きょうべん》を執る教師の姿は前世のものとなんら変わりないものだったから大丈夫だと思っておく。

お互い気まずいだろうし、下手に絡まなければ平穏なのだ。

心配ごと、というか誤算は俺のいる教室にも存在している。

なんと俺のいるモブ組に、ゲームの主人公である【マリアナ・オーシャン】の席があったのだ。

そうだよな、イベントの進行は基本的に教室以外で行われる。

教師の目の届かない教室以外の場所で、酷《ひど》い差別を受ける主人公の元に、颯爽《さっそう》と王子様たち攻略対象メンバーが現れて問題を解決するのだ。

クラスが一緒じゃ、常日頃《つねひごろ》から主人公の騎士《きし》たちがいるようなものだし、そんなイベントは起こりうるはずもなく、さもありなん。

さて、主人公であるマリアナは、眩《まばゆ》い金髪《きんぱつ》と王子様から『マリアナ、君の瞳《ひとみ》はこの雲一つない青空の様に美しい』とまで絶賛されるほどに綺麗な青い瞳を持つ美少女。

名前にオーシャンってついてるのに、なんで空で譬《たと》えたんだろうな？

海に譬えろよ、と素朴《そぼく》な疑問を感じたゲームプレイ時の記憶《きおく》が、斜《なな》め前の席に座る彼女の後ろ姿を見ていると浮かび上がってくる。

「皆《みな》さん、賢者のもっとも得意とした魔術は四元素ですが、その中で特に使用頻度《ひんど》の高かった魔術は何か、わかる方は挙手を」

「はい！」

「マリアナ・オーシャン、どうぞ」

「無属性です！　魔術を極めし賢者は、無の極致《きょくち》に至ったからです！」

「正解です。引っかけに惑《まど》わされないとは、さすが賢者の子弟ですね」

教師の問いかけに真っ先にシュバッと手を挙げて答え褒《ほ》められたマリアナは、満足そうに座って
「むふふ」と口元を綻ばせながら瓶《びん》底メガネをクイッと直していた。

誤算なのか何なのか、教室に存在するこの物語の主人公は、俺の記憶の中にあるイメージから大きくかけ離れていたのである。

……アレが主人公なのか？　いや、アレが主人公で良いのか？

学園ラブロマンスからは程遠いと言えるほどのがり勉具合に衝撃を受ける。

仮に俺が王子様だったとして彼女に魅力《みりょく》を感じるか？

瓶底メガネの度が強過ぎて、せっかくの綺麗な瞳が台無しだ。

そうかギャップか、ギャップ萌《も》えというヤツか！

実はメガネを取ると絶世の美少女がそこにいて、そのギャップに攻略対象たちはトキメキを感じてしまったのではないだろうか。

「あっ、メ、メガネがっ！」

瓶底メガネは相当ぼろかったようで、何度もクイッとした結果、フレームがポキッと折れて落下してしまった。

——ッッ⁉

慌ててメガネを拾い上げる姿を見て、またもや俺は衝撃を受ける。

なんと裸眼《らがん》のマリアナは、目が数字の『3』みたいだった。

「ど、どうしよう高いのに……紐《ひも》で縛《しば》ればまだ使えますかね……？」

ギャグマンガの世界でしか見ることはできない存在だと思っていた。

こんなの乙女ゲームの世界で許される設定じゃないぞ。

「またメガネ壊《こわ》してる……」

「もう何度目だ？　三日に一回ペースだぞ？」

「さすがに可哀想《かわいそう》よ、誰か買ってあげたら？」

「断られたらしいぞ、受け取れないって」

周りの席に座るモブ貴族たちからそんな声が聞こえてくる。

三日に一回ペースでメガネを壊す主人公って、さすがに属性盛り過ぎてよくわかんねぇなと呆れていると、ある違和《いわ》感に気が付いた。

主人公であるマリアナは、平民であり公爵令嬢を蹴落《けお》としてこの国で高い地位を誇る攻略対象メンバーと親しい女性だから、周りの貴族から腫物《はれもの》扱いされ煙たがられる。

物語が進んで、いじめを良しとしないそれなりに平民に理解のある貴族と友達《ともだち》になるまでは孤独《こどく》だったのだが……何故か彼女は周りの同情を買っていた。

一応腫物っぽい扱いだが、嫉妬《しっと》や軽蔑の対象ではなく同情。

いったいどういうことなのかと、机に頭を打ち付けたくなった。

「あ、レンズに傷が……こんなことなら視力を理由に席を前にしてもらえばよかった……」

「ねぇ、席替える？　良いよ？」

優しそうな雰囲気の女子生徒が苦笑《にがわら》いしながらマリアナに提案する。

「だ、大丈夫ですので！　ええ、大丈夫です！」

マリアナは頭を下げて激しく首を横に振る。

「ご厚意ありがとうございます！　自分で何とかできますので！　お気になさらないでくださいませ！」

「は、はあ……貴方が良いのなら……うん……」

ブンブンと過剰に首を振るので瓶底メガネがポーンと飛んで行った。

慈悲《じひ》を見せた優しそうな生徒はすごく困惑している。

「マリアナ・オーシャン、メガネを拾いなさい。そして次の席替《せきが》えにて貴方の席は教壇《きょうだん》の目の前とします。それで良いでしょう?」

「は、はひ! すいません! すいません!」
ダ、ダメだ。
見れば見る程、記憶の中にある主人公のイメージから乖離《かいり》していく。

アリシア、君はいったい誰と戦ったんだ?

そして俺の後ろの席でずーっとノートを細かくちぎっては丸めて後頭部に投げてくる馬鹿貴族、お前の顔と名前は覚えたからな?


「ねえ聞いた? 隣の教室の人が手を大怪我《けが》したんだって」

「知ってる、転んで指全部折れちゃったんでしょ? 痛そ〜」

昼下がり、学舎の屋根の上で俺は一人中庭に目を向けていた。

教室で発見したこのゲームの主人公は、どういうわけが主人公っぽくなく、平民らしく目立たないように学園生活を送っている。

ある意味、めちゃくちゃ目立っていたが。

だったらアリシアの決闘相手は誰だったのか、それを知らなければ俺たちの平穏は夢のまた夢だ。

「アリシアに聞けるはずもないしなあ」

わざわざトラウマをほじくり返す様な真似はしたくないので、俺は記憶の中にあるゲーム内イベントを追うことにしたのである。

この学園の在籍《ざいせき》期間は三年だが、ゲームでは入学してからの一年間がより濃密《のうみつ》に描かれていた。

各攻略対象キャラクターとの出会いイベントは、入学して早々に終わり、そこから王太子とのフラグを進めると婚約破棄イベントが起こる。

そして悪役令嬢の妨害《ぼうがい》を攻略対象キャラクターたちと協力して跳《は》ね除《の》けながら、どんどん絆《きずな》を深めていく王道だ。

初手で婚約破棄とは中々に攻《せ》めた展開じゃないかと感心するが、それに振り回されるアリシアを知っていると何とも言えない。

ここから導き出されるのは、主人公は明らかに王太子とのフラグを立てて進めているってことだった。

「じゃないと婚約破棄イベントは起こらないからな」

そう呟きながら記憶の中の情報を整理していく。

順調にイベントを進めていくと、主人公と王太子は食堂ではなく中庭の木陰《こかげ》で昼食を共にすることが多くなる。

平民にとって、貴族の食堂は居心地が悪く、主人公は弁当を持ち込んで独り中庭で昼食を取るようになり、そこに心を痛めた王太子がやってきて仲良く弁当を食べるのだ。

何故か中庭弁当イベントは恒例《こうれい》化していき、他キャラクターの好感度を高めていれば、王太子以外のキャラクターも勝手に集まってきて、そこそこ大所帯になる。

クリア後にみんなで楽しそうに中庭で過ごすイラストを見ることができるのだが、そのイラストのタイトルは『昼食逆ハーレム01』。

適当にも程がある。

物語が始まりを迎えて三か月経過しているともなれば、中庭で昼食を取る可能性が高い。

だからこそ、見晴らしの良い屋根の上からこの国の王子であり、攻略対象キャラクターランキング堂々たる一位の【エドワード・グラン・エーテルダム】を見つけ出せば、自ずと誰が主人公ポジションにいるのかがわかるって算段だった。

アリシアの元婚約者である王子は、まさに王道と呼ばれている。

何故か？　ちょろいからだ。

主人公との馴《な》れ初めは入学する前に遡《さかのぼ》り、あの密集した城下町にお忍《しの》びで向かった際に出逢《であ》い、王室とはかけ離れた平民の生活を王子に教えるというもの。

そんな前提がある中、学園での再会はまさに運命的で、それはもう王太子殿下《でんか》をちょろくさせた。

設定が王子を攻略しろと言っているレベル。

ダンジョンパートでも、魔族襲来《まぞくしゅうらい》パートでも、他国との戦闘《せんとう》パートでも、王子の基礎能力は非常に高く楽にクリアできるので、製作陣《せいさくじん》がまずはこいつを攻略しろと言っているかのような、そんなチュートリアル王子様なのだ。

「待たせてしまってすまない！」

「私も今来たところですよ、殿下」

「ハハハ、レディを待たせるなんて王族失格だよ？　あと、ここでこうして君の弁当を食べている時は、殿下ではなくエドワードと呼んでほしい。君には地位ではなく名前を呼ばれていたいんだ」

来た、来たぞイケメンだ。

金髪のイケメンが中庭に現れて歯の浮くようなセリフを口にする。

「そんな、恐《おそ》れ多いですぅ……」

「パトリシア、昔はエドワードと気軽に呼んでくれたじゃないか」

「そ、それは殿下が王族だなんて知らなくて……」

「お願いだパトリシア。君の前では王太子ではなくただのエドワードでいさせて欲しい」

「じゃ、じゃぁ……エド、ワード……は、恥ずかしいですぅ」

目の前で繰り広げられる桃色《ももいろ》空間、そしてエドワードの正面にいるのは金髪に青い瞳を持ってはいるが、主人公とは似ても似つかない別の女性だった。

パトリシア……誰なんだ？

どれだけ記憶を辿ってもそんな名前の生徒はゲームに出てこない。

よく目を凝《こ》らすと、髪の根元は黒くて明らかに染めている。

つまり、マリアナではない誰かが成り代わり、主人公ポジションに居座っているということだった。

「おいおいエドワード、俺たちがいることを忘れてんじゃねぇよ？」

「そうですよ。抜け駆《が》けしようとしてもそうは行きません」

「殿下、昼食はみんなで食べた方が美味しいですよね？」

「もはや中庭が私たちの食堂と化してしまうとは、まったく私たち全員の胃袋《いぶくろ》を掴《つか》むなんてパトリシアは悪いお方だ」

「でも食堂で食べるより美味しい。ここでみんなとパトリシアが作ってくれた弁当を食べる方が何倍も。不思議」

「楽しそうだね？　僕《ぼく》も混ぜてもらえるかな、ふふふ」

王子とパトリシアの周りに、ぞろぞろとイケメンたちが集まってくる。

「あはは、皆さん今日も勢ぞろいですぅ！　大丈夫です、そう思っていつも多めに作ってきていますから皆さんで食べましょぉ？」

「まったくお前たちと来たら……パトリシアも大変だろうからお前たちも少しは自重《じちょう》しないか？」

「良いんですエドワード、私は全然大丈夫だから」

「パトリシアはまったく天然さんだな？　そこが君の素敵なところさ」

こ、これは逆ハーレム01だ！

主人公ポジションに居座って、逆ハーレム01を形成している！

唖然《あぜん》としながら確信する。

このパトリシアと言う女は、俺と同じような転生者だ。

「あの女、死にたいのか……？」

乙女ゲーには、全てのフラグを進めると全員と仲睦《むつ》まじく物語が終わる逆ハーレムエンドが用意されている。

しかし、果たしてリアルでそんなことは有り得るのか？

否、有り得ない。

貴族は正妻以外に妾を取ることも珍《めずら》しくはなくハーレムの実現は可能なのだが、平民の若い女が貴族の中でも位の高い王家や公爵家、侯爵《こうしやく》家の血筋で逆ハーレムを作るのは不可能だ。

教室でのマリアナの腰の低さ、少し過剰にも思えるが平民と貴族の関係は一般的にはあんな感じで間違《まちが》っていない。

「マジかよ……」

基本、家督を継ぐ立場にあるイケメンたちは、幼少期から婚約者を決められていることも珍しくはなく、エドワード一人ならまだしも複数囲うのは本当に不味《まず》い。

今は学生の身分だからと見過ごされているかもしれないが、卒業後に謎の変死を遂《と》げてもおかしくはないのだ。

幻想《げんそう》が許されるのはゲームの世界だけ。いやここもゲームか。

マリアナは、在学中に聖女の力をその身に宿していることが発覚し、王族と結婚できる程の地位を得たから大丈夫だったのだ。

記憶の中に存在しない平民の女パトリシア。

「まあ放置で良いか」

本当に同じ転生者だったとしても助けるつもりはない。

もっとも、偽物《にせもの》は聖女ではない。

聖女発覚後、比べられたアリシアが恥をかかされるようなイベントが起こる様なことはもうなく、そこだけは感謝しておこうか。

この逆ハーレム連中とは今後関わるつもりもなく、エドワード以外のイケメンどもを見ておく必要はないのだが、一人だけ気にするべき人物がいる。

その名は【ジェラシス・グラン・イグナイト】。

魔虫の魔術師から得た情報にあったイグナイト家の次男である。

燃えるような深紅の髪に、漆黒《しっこく》の瞳。

赤い髪の毛って大抵《たいてい》は勝気なイケイケオラオラタイプだと思いきや、この乙女ゲームでは真逆に描かれていた。

『でも食堂で食べるより美味しい。ここでみんなとパトリシアが作ってくれた弁当を食べる方が何倍も。不思議』

このセリフの主であり、周りが談笑している間も、飯を食べている間も、話しかけられた時も表情筋は一切《いっさい》動くことはなく、何を考えているのかわからない寡黙《かもく》な不思議ちゃんキャラ。

えーと、確かイグナイト家で妾の子供だったっけな？

イグナイト家を継ぐ長男はすでにいて、あくまでその保険として育てられてきた男である。

ジェラシスルートでは、主人公がいつもみんなの輪から少し離れた位置に一歩引いていた彼《かれ》を気にかけて積極的に話しかけるようになり、そこから色んなイベントへと発展していく。

彼の家は、裏で色々な問題を抱えており、その狭間《はざま》での苦悩《くのう》を主人公がみんなの協力を得て解決へと導き、徐々《じょじょ》に笑顔を取り戻していくと言う中々に闇が深く骨太なストーリー展開だ。

滅多《めった》に笑わないという設定のため、物語の最後のみ笑顔イラストが存在しており、クリアであれば純粋無垢《じゅんすいむく》、失敗すれば嫉妬に狂ったとんでもない笑顔となる。

わざと失敗する特殊なプレイヤーも多かったんだとか……。

イグナイト家に狙《ねら》われていた事実がある関係上、火の粉を払い続ければ自ずと絡みそうなのだが、どうするべきか。

偽物がその辺のルートをどう処理しているのかわからないが、あの状況は確実に全てのフラグを処理しているからこそ。

手助けしてくれる他のイケメンたちが周りにいるのなら、複雑な家庭問題に対処するためのパズルのピースは揃《そろ》っているので、来るものを全て蹴散《けち》らしていれば俺の敵も勝手にいなくなりそうだった。

「多少気にするべきだが、一旦《いったん》放置だな」

俺の求める物はアリシアの平穏と破滅《はめつ》の回避《かいひ》、そして物語の最後に訪《おとず》れるであろう波乱に対処すること。

そのために必要なのが、本来聖女の立場にあるマリアナ・オーシャンをどうするかってことなのだが……うーん、面倒くさい。

偽物がポジションを奪《うば》っていなければ順当に聖女覚醒《かくせい》イベントが起こると言うのに、自分の仕出かしたことをわかっているのか？

現状、アリシアは悪役ルートに乗ってないから厄災《やくさい》の発端《ほったん》になることはないが、何かが歪めばどこかに必ずしわ寄せが行く。

魔物の軍勢に飲み込まれるブレイブ領の動乱は、俺が責任をもって対処するつもりだが、それ以外はどうするつもりなのだろうか。

物語が進んでいけば、王都を覆う障壁は壊されるぞ。

ゲーム内では、悪魔《あくま》となったアリシアが破壊《はかい》していた。

恐らく誰かの入れ知恵《ぢえ》によるもので、アリシアじゃなくても破壊することが可能だと推察している。

その時に必要になるのが聖女の力。

このままじゃ聖女覚醒イベントが来ないことで確定なのだが、マジでどうするつもりなんだろう。

「パトリシアの料理は本当に素晴《すば》らしい！」

「力が出るよな？　不思議議だぜ」

「小さい頃から料理してきたから……えへへ嬉しい……」

「毎日食べていたいくらいだよ、パトリシア」

「私も毎日食べたいので、毎日ここにお邪魔《じゃま》しますね殿下？」

「ハハハ、たまには空気を読んでくれよお前たち？」

はぁ、呑気《のんき》なもんだ。

逆ハーレム01集団を見ながら、俺は呆れたように呟いた。

第3章　元主人公と元悪役

「来月には夏季休暇《きゅうか》なんだし、今のうちに楽しんでおきましょ？」

「そうだね。しかし人混みすごいなぁ」

そんな会話をしつつ俺《おれ》はアリシアと賑《にぎ》わう大通りを歩いていた。

もう初夏だ、八月には夏季休暇が始まる。

俺たちはブレイブ領で過ごすと決めているので、王都で過ごす時間はそこまで多くない。

僅《わず》かな時間を楽しもうってことで、二人でデートに来たのだった。

今朝のアリシアを思い出す。

『城下町に行きましょう、今日は私が貴方《あなた》を案内するから』

『つまり、それはデートですか？』

『そうよ。ガーデニングと家庭菜園用の種もついでに買うの』

力強く頷《うなず》く姿は勇ましく、初めて会った時の儚《はかな》さはもうなかった。

でも俺とのデートがついでではなく、あくまでアリシアの用事がついでだと言ってもらえて地味に嬉《うれ》しかった。

異世界なのに八月だの休日だのと疑問に思うかもしれないが、この乙女《おとめ》ゲーム世界では、古《いにしえ》の賢《けん》者《じゃ》によって定められた暦《こよみ》に従って人々は動いている。

一月から十二月までで一年、一週間は月曜から日曜までの七日間でちゃんとカレンダーまで存在する。

お判りかと思うが、古の賢者とはゲームの製作陣《せいさくじん》のことだ。

曜日によって街で起こるイベントに変化が生れ、フラグの進みが大きく変わる仕組みを売りにしていたので、世界観をぶち壊《こわ》してでも取り入れたのだろう。

ゲーム内では、よく街でバッタリ出会うシーンがあったのだが、身分の高い貴族連中が偶然《ぐうぜん》の出会いを装うために堂々と街をふらつく姿を想像するとクソうける。

ちなみに十三日の金曜日に街へ向かうと、ジェイソンの仮面をつけた謎《なぞ》の人物と遭遇《そうぐう》し危険な事件に巻き込《こ》まれ、それを乗り越《こ》えると好感度が一気に上がるボーナスがあり特殊《とくしゅ》イラストが貰《もら》えるぞ。

「ラグナ、貴方が食べたそうにしてた屋台の場所も調べてあるから、帰りに寄りましょ？」

「いいの？」

「今日は私が貴方を案内する番だから任せて。ブレイブ領と比べてもかなり人が多いからうんざりするかもしれないけど」

「そんなことないよ。夜襲《やしゅう》された時なんてもう周りにいる連中が味方だか敵兵だか死体だかわからないくらい混雑してたから」

それに比べたら日中の人混みなんて大したことない。

「あ、うん、そうよね」

「な、なんだと……？」

軽く流されてしまった、だと!?

アリシアは、俺のブレイブジョークに耐性《たいせい》を持ち始めていた。

衝撃《しょうげき》を受けていると彼女《かのじょ》はジト目になって顔を寄せる。

「私以外に言わないようにしなさい」

「はい……」

唯一《ゆいいつ》のユーモアなのに、なんてこった。

でも私以外に言うなって言葉がよくわからないけど心地《ここち》よかった。

わんわん。

「そうだ、ここを真《ま》っ直《す》ぐ言って路地に入ると美味《おい》しいコーヒーを出してるお店があるらしいから、そこでお昼にしましょ？」

「ほう、それは興味深い」

貴族の学園にコーヒーは置いてなかったので、持ち込んだ分が尽《つ》きてしまったらどうしようかと悩《なや》んでいた。

城下町で探せばあるだろうと思っていたが、まさかアリシアが探してくれていたなんて感無量。

「アリシア、いったいどこでそんな情報を？」

「友達《ともだち》が教えてくれたのよ」

な、なんだと……⁉

予想していた通り、俺とアリシアは学園で腫物《はれもの》扱《あつか》いされており、でもまあボッチでも別に授業を受けてテストをこなして卒業するだけだから関係ないよねと慎《つつ》ましやかに過ごしていた。

その状況《じょうきょう》で友達を作っているとは、さすが才女。

俺は未《いま》だにボッチで、マリアナと知り合いくらいにはなっておきたかったが、セバスに背中を押《お》されないと声のかけ方すらわからなかった。

嫉妬《しっと》なんかしてないぞ？　むしろ誇《ほこ》らしい。

あとで相手にどんな裏があるのかチェックをさせてもらうけどね。

「お昼に図書館で持ち込んだコーヒーを飲んで勉強してたら声をかけられてね、その子も学園にコーヒーがないことを憂《うれ》えてて、そこから仲良くなって教えてもらったの」

「へー」

コーヒーが好きなんですかと尋《たず》ねられたアリシアは、意外と美味しいのよねと言葉を返し、そこからあれよあれよという間に友達になり、おすすめのお店を紹介《しょうかい》されたらしい。

物好きがいたもんだ、色んな意味で。

「コーヒー問題は重要だから渡《わた》りに船よねぇ」

「そうだね、俺はもうコーヒーが無いと一日が始まらないよ」

二人揃《そろ》って立派なカフェイン中毒者である。

「あ、ちなみに女の子よ？　だから心配ないからね？」

「心配してないよ。むしろ逆に心配ないからね？」

そんなことを二人で言い合って、それで思わず二人で吹《ふ》き出す。

平和だ、実に平和だった。

「ここね」

大通りから細い脇道《わきみち》へと入り、アリシアは一つの建物を指差した。

「ええと……コーヒー専門店・オーシャン……？」

看板を読んで思わず固まる。

ゲーム内で主人公が喫茶店《きっさてん》を開いている記憶《きおく》なんてない。

そんな設定があるならイベントがあっても良いはずだ。

イケメンどものたまり場になって、何故《なぜ》か大人気喫茶店に。

そしてコーヒーが貴族の間にも浸透《しんとう》し……てちゃダメだな、安く買えなくなるのでそれだけはNGだ。

「冷やかしですか？　って、アリシアじゃないですか」

「来たわよ、マリアナ」

店の前で固まっていると、ドアを開けてマリアナが顔を出した。

姓《せい》が同じだけで、さすがに元主人公がやってる店じゃないよな、なんて思っていたら普通《ふつう》にマリアナ・オーシャンが出てきた。

二人は名前を呼び捨てで呼び合っており、堂々としたマリアナの姿は教室にいた時とは大きく違《ちが》っていた。

貴族を前に、行き過ぎるくらいにへりくだっていたマリアナとは、天と地ほどの差である。

「そちらの方が、例のコーヒーが大好きな？」

「そう、ラグナよ」

どうやら俺の紹介は先に済んでいたようで、普通に話が進む。

「ラグナです、どうも」

「はいどうも……って、んー？　同じクラスの方ですか？」

メガネのフレームを指でつまみ、クイクイと動かしながら目を細めてマジマジと見つめるマリアナ。

「そうだったの？　意外な繋《つな》がりね」

「そうだね、話したことはないけど」

アリシアの言葉に頷くと、目の前にいるマリアナは急に真っ青になりおどおどと慌《あわ》てふためき始めた。

「し、ししし失礼しました！　まさか貴族の方と来られるなんて！」

「え？」

いきなりの言葉に、アリシアは目を丸くする。

「こ、ここここ、ここにはお口に合うものがあるかどうか……」

「ラグナ、何したの」

「えっ」

取り乱す姿を見て俺を睨《にら》むアリシアだが、何もしてないが？

バレないようにジーっと観察していたくらいだ。

「何故、アリシアが貴族の方と一緒《いっしょ》に……」

「え、貴族よ？　彼《かれ》は私の婚約者《こんやくしゃ》だし」

「貴族⁉　ひええ！　今までの御《ご》無礼をお許しくださひっ！」

アリシアが答えた瞬間《しゅんかん》、マリアナは土下座していた。

床《ゆか》に頭をぐりぐりと擦《こす》りつけて、それはもう綺麗《きれい》な土下座。

「すみませんすみません！　貴族の方とは知らずに！」

「ええっ⁉　ちょっとやめて！　恥《は》ずかしいから！」

「あうあうあう、すみませんすみませんすみません！」

「ねえちょっと！　顔を上げてお願いだから！　ラグナ何とかして！」

「無理だよ」

何が原因なのか知らないが、マリアナ・オーシャンは貴族に対してとことんへりくだる人間なので、落ち着くまで待つしかない。

教室での彼女とは違うなと思っていたのだが、どうやら単純にアリシアのことを貴族だと認識《にんしき》していなかったらしい。

「ふ、不敬罪ですか？　罪ですか？　処されますか？　ああ、お父さんお母さん、私も今すぐそっちへ逝《い》きます」

「処さないから！　そんなことするわけないから！　ちょっと白目を剥《む》いてないで帰ってきなさい！　ねえってば！」

「ぶくぶくぶくぶく」

「ラグナー！　泡《あわ》吹いてる！　ど、どうすれば⁉」

ハハ、カオス。

「死なない⁉　マリアナ死なない⁉　大丈夫《だいじょうぶ》これ⁉」

「それくらいじゃ死なないから大丈夫だよ」

それからマリアナは目覚めては気絶を繰《く》り返しようやく落ち着いた。

苦手どころかアレルギーである。

何故こうも残念になってしまったんだ、元主人公よ。

「取り乱してしまって申し訳ありません……」

落ち着きを取り戻《もど》したマリアナは、俺の淹《い》れたコーヒーを片手に恥ずかしそうに顔を赤らめていた。

「こちらこそごめんなさい、まさかこんなことになるなんて」

「アリシアは悪くないです。今年は賢者の子弟《してい》が二人いると聞いていましたので、図書館でコーヒーを片手に勉強するアリシアを見て、私と同じだと完全に勘違《かんちが》いしていました」

アリシアがブレイブ領に来て初めてコーヒーを飲んだように、この世界の貴族はコーヒーを飲まない。

貴族が嗜《たしな》むべきは紅茶であり、コーヒーは平民の飲み物なのだ。

そうした側面からマリアナは同じ賢者の子弟だろうと勘違いしてしまったのもわかる。

また、図書館で一人《ひとり》勉強していたことも勘違いに拍車《はくしゃ》をかけていた。

当然ながら学園の貴族は図書館の片隅《かたすみ》で一人コーヒーを飲みながら勉強なんてしないのだから。

誰《だれ》かとつるんで、お茶会に精を出す。

「私って学園で悪目立ちしてるからいつも一人で行動してるのよ。てっきり事情を知ってるものだとばかり思っていたから……ごめんなさい、何も言わなくて」

「気にしないでください。いきなり話しかけてベラベラとコーヒーについて語ってしまったのは私なんですから……初めて友達ができるんじゃないかなって浮《う》かれてました……」

「私も今はラグナしかいないから、彼の好きなコーヒーについてたくさん話してもらえて浮かれてた……」

この二人は、こうしてずーっと互《たが》いに謝り合っている。

もう相性《あいしょう》バッチリだな?

なんだか嫉妬してしまいそうな程に、今の俺は空気。

「マリアナ、誤解は解けたってことで良いのよね?」

「はい、コーヒーが好きな人に悪い人はいません!」

仲直りできて何よりである。

「でも、私と同じ賢者の子弟が、まさかそんな事件を起こしてしまうなんて……許されているのは学園に通うことのみだと言うのに……」

その後、アリシアから決闘騒動《けっとうそうどう》のことを聞いたマリアナは、朗《ほが》らかな笑顔から一転して悲痛な表情を作っていた。

あの決闘騒《さわ》ぎを知らなかった理由は、彼女が学園に通うために使っていた乗り合い馬車が、何故か王都の外に向かって出発してしまったからとのこと。

「元々方向音痴《おんち》気味ではあったんですが、乗合馬車を間違《まちが》えるなんて思いもしませんでした。いつも同じ物を使っているのに、度々《たびたび》間違えてしまうんですよねぇ?」

首を傾《かし》げるマリアナだが、何者かの策略にしか思えない。

そう、パトリシアだ。

重要なイベントに参加させないために遠ざけている。

「意外と抜《ぬ》けてるのね？　賢者の子弟だからすごい天才なんじゃないかと思ってたのだけど」

「魔術《まじゅつ》は得意ですよ！　でも両親からそれ以外はポンコツだから周りに助けを求めなさいってよく言われてました」

主人公は、話の都合上少しポンコツに作られているもんだ。

重要なセリフを聞き逃《のが》す癖《くせ》に、変なところで勘《かん》が良いとか。

「そう言えばご両親は？」

俺もそろそろ二人の会話に混ざろうと、気になっていたことを尋ねる。

「私の両親は、その……一年前に病気で……」

「ラグナ……貴方ね……」

目を伏《ふ》せるマリアナを庇《かば》う様に、ジト目で首輪を構えるアリシア。

「配慮《はいりょ》不足だった、すみません」

地雷《じらい》を踏《ふ》み抜いてしまったことは反省している。

だが、それよりもアリシアがいつも首輪を持ってるという事実に戦慄《せんりつ》してしまった。

「いいんです。今の私があるのは両親のおかげなので」

素直《すなお》に謝ると、マリアナは立ち上がってカウンターの方へ向かい、お菓子《かし》をお皿に準備しながら言葉を続ける。

「お二方ともコーヒーのおかわりはいかがですか？　元々私がご招待したのに、ラグナさんに作らせてしまってすみません」

「いただいても良い？　お代はちゃんと払《はら》うから」

「貰います。お願いします」

そうして出されたコーヒーとケーキに俺たちは軽く衝撃を受けた。

「わっ！　美味しい！」

「俺のと何が違うんだ……？」

同じ豆を使っているはずなのに、なんだこのまろみ。

俺の淹れたコーヒーは、かつてセバスにエグいと言われていた。

坊《ぼ》っちゃんの人生を表す暗示ですかな、とかなんとか。

たくさん練習して、ミルクや砂糖を入れて緩和《かんわ》されるようになったが、それでもブラックは謎のエグ味があるそうだ。

そりゃ、アリシアも初めて飲んだ時に咳《せ》き込むはず。

対するマリアナのコーヒーは、まるで聖母の様に包み込むまろみが存在していた。

何を言っているのかわからないと思うが、そう表現するしかない。

「ラグナが淹れてくれたのと大違いね！　マリアナすごい！」

「えっ」

俺と比べる必要ある？

マリアナは専門店を営業するプロなんだぞ！

本当にブレイブ家の人に似て来たよな……。

「ふっふ、ラグナさんのコーヒーはまだまだです！　エグいです！」

「えぇ……」

マリアナまで便乗して、俺は別にプロを目指してるわけじゃないのだが、二人とも酷《ひど》いことを言うもんだ。

シナリオ的にマリアナの存在は必要不可欠なので、弟子入りでもしておこうか。

「じゃあ師匠《ししょう》と呼ばせていただきますね、コーヒー師匠」

俺は嫌《きら》われ貴族であり、マリアナは貴族アレルギー。

海溝《かいこう》レベルのマイナススタートを一気にプラスに持って行ってくれたアリシアには感謝である。

「えっ、いやそんな、ノリで言っただけなのにそんなに真剣《しんけん》に……」

「あ、ラグナもどうせノリだから真剣に受け止めなくていいのよ」

「ええっ⁉　そうなんですか⁉」

「ハハハ」

笑ってごまかしておくのだが、これからもノリで師匠と言い張ろう。

コーヒーを学ぶには絶好の機会なのだし。

「でも不思議です。お二人は貴族なのにまったく怖《こわ》くありません」

ひとしきり笑った後、マリアナはコーヒーを飲みながら語る。

「朧《おぼろ》げな記憶なんですけど……昔、近所の子に言われたんです。貴族はそれはもう怖い存在で逆らうと殺されてしまうって。本当に漠然《ばくぜん》とした記憶なんですが、ずっとそう思ってました」

あながち間違いではなく、そういう貴族がいることも確かだった。

「実際に小さい頃《ころ》、不注意で貴族の乗った馬車の前に飛び出してしまい撥《は》ねられたことがあったんですが、その子の言った通り助けてはもらえませんでした。馬車を止めることもなかったです」

アリシアは、マリアナの声を黙《だま》って聞いていた。

その表情から察するに、恐《おそ》らく過去の自分も無視するだろうなと考えているのだろう。

そんなもんだ。

ブレイブ領でも自分の手出しできない領分に踏み入って返り討ちに遭《あ》った奴《やつ》は、踏み入った奴が悪い扱いになる。

「あ、でもお二人は怖くないですよ！　コーヒーが好きな人に悪い人はいないですし、私よりも過《か》酷《こく》な状況なのに尊敬してます！」

よくコーヒーを飲むブレイブ領の冒険者《ぼうけんしゃ》は別に善良ではないのだが、いったい誰が彼女にそんなことを教えたのだろう。

「不注意だったとしても酷い話よ。私が代表して謝る、ごめんなさい」

「アリシア、謝らないでください！　その時の怪我《けが》で目を悪くしてしまったんですけど、おかげでコーヒーと出会えましたから！」

分厚い瓶《びん》底メガネをかけているのは、怪我の影響《えいきよう》だったのか。

コーヒーは、目が良くなるという噂《うわさ》を両親がどこからか聞きつけて、そこからよく飲むようになったらしい。

「いつの間にかお店を出してしまう程、一家でコーヒー狂《ぐる》いになってしまうとは思いもしませんでしたが……うへへ、このまろみ、うへへへ」

こ、怖い。

瓶底メガネを怪《あや》しく光らせてコーヒーを味わうマリアナの姿は、もう主人公ではなく妖怪《ようかい》コーヒー舌鼓《したつづみ》って感じである。

「ねぇ、賢者の子弟と言われるくらいだし魔術がすごいの？」

まろみを楽しんでいると、アリシアがすごくアバウトな質問をした。

俺の時もそうだが、魔術関連のことを尋ねる時、結構目を輝《かがや》かせているように思える。

魔術大国の公爵《こうしやく》家ともなれば、そんなもんなのか。

「それなり、ですね。得意なのは回復魔術です」

「回復魔術が得意なケースって相当貴重よね？」

「ッスね」

弾《はず》む二人の会話を黙って聞きながら、時折自然に混ざる俺。

完全に空気になるのも良いが、それだと寂《さび》しいじゃないか。

真面目《まじめ》な話に戻る。

回復魔術は実際のところ誰でも使える魔術の一つだった。

魔素《まそ》に満ち溢《あふ》れるこの世界を生きる人々にとって、ただの自然治癒《ちゆ》能力がもはや魔術レベルなのである。

ただ、それはあくまで生物に標準搭載《とうさい》された機能。

それを他人に使えるかどうかで話が変わってくる。

貴重と言われる要因は、他人に使える人がほとんどいないのだ。

そんな中で、聖女とまで言われるようになったゲーム内のマリアナは、あらゆる病魔《びょうま》を打ち消し四肢《しし》欠損すら復元する。

もはや戦闘《せんとう》パートはイケメンたちのゾンビアタックすら可能なのだが、大きな弊害《へいがい》エンドを迎《むか》えてしまったりするのはまた別の話か。

「当時の私は、病気の親を助けることができなくて、もしまた大切な存在ができた時は救えるようになりなさいって両親に言われたんです。だから入学するためにたくさん勉強しました」

「マリアナ、あなたってば……うっ」

「アリシア⁉　そんな、泣かないでください‼」

「うう、良い話だぁ……」

感極まるアリシアに合わせて、俺もノリで泣いておいた。

「そう言えばラグナ、貴方も他人を治療《ちりょう》できるわよね？」

「そうだね、でも特殊だから参考にならないと思うよ」

「そう？　まあラグナだしそっか」

アリシアに探られそうになったのでさらっと受け流してもらおう。

ヴォルゼアに全部使えると豪語《ごうご》した俺ももちろん他人に使える。

さらっと受け流した理由は、回復魔術は優《やさ》しい力かと思いきや、実はそうではない理由があったのだ。

特殊な事例と言うか、逆に一般《いっぱん》事例と言うか。

他人を治療する域に至る一つの方法として、人体構造を熟知して体内の魔力《まりょく》の流れを視覚的に理解する必要がある。

そうすれば、さすがに部位欠損とか傷痕《きずあと》を綺麗に治すことはできないが、内臓に関《かか》わる重大なダメージを治したり、綺麗な断面で腐《くさ》る前であればくっ付けられるようになる。

では、どうやって訓練するのか？　――解剖《かいぼう》だ。

生きている状態だと尚のこと良しと言う修羅《しゅら》の道。

無論学園でそんなことができるはずもなく、マリアナにそんな血みどろの過去があるわけでもない。

聖女だからという理由で、魔力を鍛《きた》えれば色んなものを無制限に回復できるようになってしまう。

ああ、偽物《にせもの》よ。

俺からすれば聖女は化け物だぞ、お前は果たしてどうなんだ？

「それにしても、他にお客さんが来ないわね？」

だらだらと話をしていても未だに客は俺とアリシアのみ。

その状況を不思議そうにするアリシアだが、それは俺のせいだった。

「ごめん、最初にわちゃわちゃしてたから勝手にクローズにしてた」

「ラグナ……」

その手には首輪ッ！

でもさ、最初の状態でまともな接客ができるはずもなく、一旦《いったん》店を閉めるのが普通だろう。

だからこそこうして深い話ができたんだ、これは俺の英断である。

「すぐに開けないと営業妨害《ぼうがい》よ！　開けなさい！」

「わんわん！」

「え、わんわん……？　く、首輪……？」

俺とアリシアの様子に、マリアナはすごく困惑《こんわく》していた。

「お二人とも大丈夫ですよ。最近は学業に集中したいので休日も閉めてますから。今日はアリシアがもしかしたら来てくれるかもと思って開けていただけなので」

両親を失った身で、学業と店の二足の草鞋《わらじ》なんて無理な話だ。

「なら学園に通う費用や、生活費はどうしてるの？　賢者の子弟は色々と免除《めんじょ》なのだから入寮《にゅうりょう》した方が良かったんじゃ？」

「この家が良いんだよアリシア。通えない距離《きょり》じゃないし、学園にはコーヒーがないから俺だって入寮を選ばないよ」

「確かにそうね。ごめんなさいブレイブ家だとわからないことは全《すべ》て聞いてって言われてたから、はっきり聞く癖がついちゃってて」

「あはは、わかりやすいのは好きですよ。ラグナさんの言う通り、平民の身なので入寮は辞退させてもらってます」

俺とアリシアの言い合う姿を見て、マリアナは笑っていた。

俺は地雷を踏み抜いて、アリシアは大丈夫なのは格の差か。

「生活費は、学園長様が優秀《ゆうしゅう》な成績を残すことを条件に、入寮費の分を少し回してくださったのでなんとかなってます」

ならは安心か。

イグナイト家が支援《しえん》してくれているなんて言われたらどうしようかと思ったのだが杞憂《きゆう》だった。

「そろそろ時間ね……すごく名残惜《なごりお》しいけど」

時計を見ながらアリシアは立ち上がる。

これから様々な買い出しが控《ひか》えているので、そろそろ店を出なければいけない時間となっていた。

「コーヒーもケーキも美味しかったし、また来ても良い？」

「アリシアならいつでもウェルカムです！」

「よしラグナ、了承《りょうしょう》を得たわよ！　土日はここに通いましょう！」

「そ、そうだね」

あまり迷惑《めいわく》にならない範囲《はんい》でなら良いんじゃないだろうか？

美味しいコーヒーに舌鼓を打ちつつ、マリアナの動向やその周りに目を光らせることができるので一石二鳥である。

「アリシアも学園で何かあればいつでも言ってください！　頼《たよ》りないかもしれないけど、友達は助けなさいと言われて育ちましたから！」

「ふふっ、その言葉だけでも十分よ。ありがとう」

「はわっ、笑顔が眩《まぶ》し過ぎて辛《つら》い！」

わかるよ、その気持ち。すごくわかる。

「ラグナさん、私にアリシアをください」

「断固拒否《きょひ》」

天と地がひっくり返っても、厄災《やくさい》で世界が滅《ほろ》んでも、それだけは絶対に認めないぞ。

「いきなり何を言い出してるのよ……二人とも……」

そうして俺たちはマリアナの店を後にした。

「良い子よね、彼女。天然っぽいけど、そこが可愛《かわい》いと思わない？」

「そうだね」

街道《かいどう》を二人で歩きながらそんなことを話すアリシアの表情は、すごく嬉しそうだった。

「初めて見た時、貴方と同じ目をしてた」

物語の陰《かげ》で滅んだ捨て地の貴族と同じにするのはいささか違う気もするが、一旦話を聞いておこう。

「真っ直ぐ自分を見てくれる感じがする、そんな綺麗な目」

「芯《しん》が通ってる人間って、だいたいがそんなもんだよ」

強い意志を宿した人が、よくそんな瞳《ひとみ》を持っている。

俺はそんな瞳を何よりも美しいと思っている。

「決死の覚悟《かくご》を決めた敵兵とか、すごく綺麗な目をしているよ」

「マリアナもきっとそうよね、あれだけ貴族を怖がるんだから」

軽いブレイブジョークだったのだが、またしてもアリシアには通じなかった。

違うネタを準備しておかないと、そろそろ飽《あ》きられている可能性がある。

「決めた、私がマリアナを守らないと！」

俺がくだらないことを考えている間に、強い決意を表明するアリシアだった。

そんな彼女だが、唐突《とうとつ》に立ち止まって俺の顔を見ながら言う。

「ねぇラグナ、私の目はどうかしら？」

「んー、今まで見てきたどの瞳よりも美しいよ」

「ほんとに？　昔の私は濁《にご》った目をしてたって痛感してたところよ？」

メンツを重んじる貴族にとって、大衆の面前で醜態《しゅうたい》を晒《さら》してしまうことは死よりも恐ろしいもんだ。

強い意志を持っていないと、この地獄《じごく》の状況には耐《た》えれない。

だからこそ、アリシアは強いと思うんだ。

「アリシア、困難に立ち向かう人の後姿をどう思う？」

「かっこいいと思う、すごく」

「なら前からその人の瞳を見たらどれだけ美しいんだろうね？」

「ラグナは、見たことある？　そんな人」

「あるよ」

と、アリシアの前に立って目を合わせる。

「運命に抗《あらが》うすごく強い意志を持った目をしてる。美人で可愛い」

素直に告げると彼女は顔をボッと耳まで赤くさせていた。

「変なジョーク言わなきゃ、本当に王子様みたいなのに」

「王子って柄《がら》じゃないからね」

全ての女性が喜ぶ口上なんて、未だに男友達すらできない俺には言えそうもないや。

「そうね、ラグナはラグナよね。じゃ、デートの続きしましょ？」

アリシアから差し出された手を握《にぎ》りしめ、再び二人で歩き出した。

◆◆◆

アリシアとマリアナ、この二人の女性はゲームの世界にて悪役と主人公と言う対極に位置する存在だった。

公爵令嬢《れいじょう》と平民、決して混ざり合うことのない二人であるが、学園と言う舞台《ぶたい》で混ざり合い拒絶《きょぜつ》反応を起こす。

物語の中では、どちらかが破滅《はめつ》するまで戦い続ける運命にあったのだが、現実は違っていた。

「アリシアもお弁当派だったんですね」

「ラグナがそうだから一緒に作っちゃった方が楽でしょ？」

「そのミックスサンド美味しそうです」

「良いんですか？　いただきます。では代わりに私のおやつであるスコーンを献上《けんじょう》しましょう」

「一ついる？」

二人は今、図書館の裏手にあるベンチで仲良く弁当を食べている。

何故こうなってしまったのか？

それは今頃《いまごろ》広い中庭の中央に陣取《じんど》って、逆ハーレムパラダイスに興じる偽物主人公パトリシアのせいである。

いったいどうやって主人公ポジションについたのか。

おかげで順調に恋路《こいじ》を歩んでもらい、起こるであろう厄災にも対処させ、平和になったブレイブ領でゆるりと暮らす計画が破綻《はたん》だよ。

こうした不測の事態が重なったことで、悪役ルートと主人公ルートから弾《はじ》き出されてしまった二人だが、何の因果か偶然の出会いを切っ掛《か》けに友達になってしまった……と言うのが現状である。

「ラグナさんはどこへ？　いつも二人で食べてたんじゃ？」

「食べないわよ？　貴方こそ同じ教室なのに知らないの？」

「さあ？　いつも休み時間には姿を消しますので」

「……ちゃんと授業受けてる？　何か変なことはしてないかしら？」

「はい、授業中は教室にいて真面目に受けてますよ」

「はあ、ならどこで何してるのかしら……？」

俺が何をしてるかって？

図書館の屋根の上からこの光景を微笑《ほほえ》ましく眺《なが》めている。

捨て地の貴族と差別される俺と一緒にいた場合、彼女に向けられる悪口が増えてしまうのだ。

目の前で婚約者が悪口を言われて、黙って見過ごすなんてブレイブ家の名が廃《すた》るのだが、正面切って守りに行ってもアリシアに止められるだろうなと思ったので単独行動をすることに。

それにしても元悪役と元主人公がこうして巡《めぐ》り会うとは。

彼女たちの出会いは、歪《ゆが》んでしまった運命が何とか元に戻ろうと必死になっているように思えなくもなかった。

二人が一緒になってしまって何も起こらないはずもなく、彼女たちを取り巻く状況はより一層怪しさを増しているのだった。

「ふん、雲隠《くもがく》れの上手な傷物ね。臭《くさ》い平民とつるんでまで学園に居残るだなんてしぶとい女。あの平民と一緒に退学にならないかしら？」

「私もそう思いますエカテリーナ様！」

「でしょう？　ここは貴族のための学園。あの忌々《いまいま》しいパトリシアとか言う小娘《こむすめ》も私自らが追い出して差し上げましてよ？　ほーっほっほっほ！」

「さすがですエカテリーナ様！」

本日もやってまいりました、嫌《いや》がらせ貴族御一行。

アリシアが大人しく一人で過ごしていた時は特に何もなかったのだが、マリアナと絡《から》むようになってからすぐにこうして嫌がらせを行うために周囲を嗅《か》ぎまわり始めたのだった。

「しょうもないなあ」

何が気に入らないのか、そっとしておくことはできないのか。

俺とマリアナの教室ではそんな気を起こす奴はいない。

分を弁《わきま》え過ぎた結果、すっかりクラスの小動物ポジションに落ち着いてしまったからだった。

「あの傷物に幸せなんて訪《おとず》れるはずがないのよ！　行くわよ」

数人の取り巻きを引き連れて動き出したエカテリーナの足元に、小さな障壁《しょうへき》を展開する。

「へぶっ⁉」

「エカテリーナ様⁉　大丈夫ですか⁉　ああ、鼻血が」

「痛た……何かに躓《つまず》いてしまいまし、ひゃっ冷たい⁉」

裏庭にある花壇《かだん》に水をやるための水道の一つに障壁をぶつけて壊すと、丁度エカテリーナが転んだ辺りに水が飛び散った。

「エ、エカテリーナ様……大丈夫ですか……？」

「見てわからないの⁉　大丈夫なわけないでしょう‼」

「痛っ」

「興ざめですわ！　ふんっ！」

ずぶ濡《ぬ》れになったエカテリーナは、心配そうに近寄る取り巻きの頬《ほほ》を叩《たた》くと、憤慨《ふんがい》しながら元来た道を戻っていく。

「新たな悪役にしては小物過ぎる」

エカテリーナはもともとアリシアの取り巻きで、フェードアウトしたアリシアに替わってモブから悪役に昇格《しょうかく》した女。

アリシアもマリアナも舞台から退場しているはずなのに、こういうところが彼女たちを元の運命に戻す力が働いてるように感じるのだ。

俺は、元々物語に存在していない立場を利用して、裏から火の粉を穏便《おんびん》に払う役目を全うしている。

「感心せんな」

背後から声がして、振《ふ》り返ると学園長ヴォルゼアが立っていた。

「ですよね？　嫌がらせは良くないと思いますよ」

「設備を壊すお主の行為《こうい》もだ」

図書館の屋根はかなり高いのだが、よく登ってこれたもんだ。

今の立ち位置は、互いに裏から舞台の役者に手を差し伸《の》べる者って感じである。

「学園長様は、設備と生徒の安寧《あんねい》を天秤《てんびん》にかけているんですか？」

「修理費用はブレイブ家に請求《せいきゅう》する」

「オールドウッド公爵家にお願いします。僻地《へきち》の貧乏《びんぼう》領地なんで」

「アリシアの預かりはブレイブではないのか？」

「はい、以後気をつけます」

ぐぬぬ、それを言われてしまったらぐうの音も出ない。

故意に設備を破壊《はかい》することは減らそう。

「でも俺がその場にいたら確実に拗《こじ》れますよ？」

「で、あろうな」

で、あろうな、じゃないんだが？

「仮に目の前にいたとして俺に何ができますか？」

俺の戦場はここじゃない、ここはアリシアの戦場であり俺は舞台袖《そで》で充分《じゅうぶん》なのだ。

そんな場所に、返り血で染まった身体《からだ》で出てどうする。

マリアナのことを分を弁え過ぎていると評したが、実は俺もそうなのだった。

「だったら裏方で良いです」

元々登場しない存在なのだからそれでいい。

最初から分けておかないと、混ざれば取り返しがつかなくなる。

「お主は学園の生徒だ。青春を謳歌《おうか》する権利を持つ」

「はあ、今でも十分青春してますよ」

「なら最初から諦《あきら》めて入学したのか？」

見透《みす》かすようなヴォルゼアの言葉に、思わず殺気が出た。

諦めて入学したのか、だと？　そんなわけがない。

俺はこの二度目のクソみたいな人生を諦めたわけじゃない。

長い尺の中で、たった三年。

たった三年を平穏《へいおん》に過ごすことができれば、それでいいのだ。

「それにお主の守りたい存在は今、それほど弱くもなかろう」

「あの、見透かして言うのやめてもらえます？」

「見透かしとるわけではない。だが、せき止めてどうする」

雰囲気《ふんいき》がシリアス過ぎる。

目の前のジジイからシリアス成分駄々《だだ》洩《も》れで居心地が悪い、セバス成分をいくらか注入してあげたいレベルだった。

「お主がせき止めた流れがやがて決壊《けっかい》してしまえば、その濁流《だくりゅう》に飲み込まれるのは守ろうとした存在で、あろうな」

「言いたいことがあるならはっきりどうぞ、それがブレイブです」

このままでは聖女の覚醒《かくせい》が起こらないとでも言っているのか？

シリアスな雰囲気が告げている、このジジイは何か知っていると。

「王都に来て、ブレイブの誇りを忘れたか――」

「――迂闊《うかつ》に俺を焚《た》きつけない方が良い」

ヴォルゼアの眼前で拳《こぶし》を止める。

ドンッ、とジジイの後ろに衝撃が駆《か》け抜けた。

「これが望む状況だからそうしてるだけであって、もしアリシアに危害が及《およ》ぶようなことがあれば容赦《ようしゃ》しない。ここがあんたの箱庭の中でも関係ない」

「それを望むなら、やってみせろ」

瞬《まばた》き一つしないとは、賢者の名前は伊達《だて》じゃないか。

啖呵《たんか》を切ったが、現状学園をぐちゃぐちゃにする理由はないので拳を収めることにする。

「抽象《ちゅうしょう》的過ぎてもう意味が分からん。言いたいことがあるならはっきり言ってもらわないと、自分不器用なんで。ないなら聞きたいことがあるんで教えてもらっても良いですか？」

「ほう、聞きたいこととは？」

呑気《のんき》に髭《ひげ》を撫《な》でる姿は、少しだけシリアス成分が抜けていた。

普通に頼られたのが嬉しいだけか？

意味深ジジイキャラやめてください、困惑してしまいます。

「賢者の子弟【パトリシア・キンドレッド】に関して、彼女の両親、過去、交友関係、得意な魔術、全てです」

ここ数日、彼女の動向を監視《かんし》していたが、得た情報は名前程度だった。

俺やアリシアとも別教室で、そこでは基本的に大人しく過ごしており、周りの貴族たちの嫌味《いやみ》や悪口なんてどこ吹く風と無視している。

授業が終われば、エドワードと一緒にいるか、それ以外の攻略《こうりゃく》対象キャラたちと過ごしており、エドワードを多少優先してはいるが、時間を見つけては律儀《りちぎ》に他との交友を深めるまめさを持っていた。

街へ繰り出すイベントもしっかり網羅《もうら》しているので、確実に俺と同じ転生者であり、彼女が目指すのは逆ハーレムエンドである。

そして、それ以外は本当に謎だった。

キンドレッド家なんて俺の記憶の中には存在せず、人口の多い王都で彼女の実家を見つけ出すなんて至難の業。

マリアナと違って入寮しているから後をつけることもできない。

こうなれば頼りどころは学園長であるヴォルゼアくらいだった。

どんな返答が来てもよく、隠《かく》すならば場合によっては敵となる。

「多過ぎるな、質問は要点を一つにまとめる方が教師も指導がし易い」

「勉強の質問してるわけじゃないんですけど……何が望みですか？」

ええい、回りくどいなぁ。

「マリアナ・オーシャンもお主の守る対象とするならば、カスケードの誇りにかけて嘘偽《うそいつわ》りなく一つだけ答えを授けよう」

なんだそんなことか。

彼女はアリシアの友達で、今後のシナリオにも関わってくる重要な登場人物だから守るに決まっている。

「良いですよ。それでなんでも答えてくれるんですね？」

なんでも、か……アリシアのスリーサイズとかも？

それを知っていたら、この場で普通に敵と認定するぞ？

「早くしろ」

せっかちなジジイに従って、パトリシアについて素直に尋ねるのが馬鹿《ばか》らしくなって来た。

先日のマリアナの話から、どうせイグナイト家から支援されてこの学園に来たのだろうと察している。

ゲームでのイベントと思われる状況下で、マリアナが学園にいない状況が故意に作り出されていたから明らかだ。

主人公がイベント時期に乗合馬車を間違えるなんてありえないし、平民に乗合馬車のすり替《か》えなんて出来るはずもなく、ブレイブ領に来た魔術師《まじゅつし》の情報も踏まえて、イグナイト家とパトリシアの繋がりは確定的である。

娘《むすめ》のいないイグナイト家だ、色々ときな臭い一族だ。

エドワードを籠絡《ろうらく》できる確証か何かを見せれば喰《く》いついて、利害の一致《いっち》で支援くらいはするだろう。

ただ、一つだけ疑問点。

どうやって平民が貴族に渡りをつけたのかがわからないでいた。

主人公とエドワードの出会いは子供の頃に遡《さかのぼ》るから、その頃からあーだこーだと工作をしたとしても子供の戯言《たわごと》にしか思われない。

万が一にも鵜呑《うの》みにして、裏で色々と良くないことをしつつも今まで存続してきた狡猾《こうかつ》なイグナイト家が、逆ハーレムと言う意味不明なレベルの自由を与《あた》えるものなのか？

支援していると言う事実はあるが、色々とおかしな点が多過ぎる状況には、よくわからない不気味さがあった。

「無いのか？　早くしろ」

「あーはいはい」

急《せ》かされたので聞いておく。

「イグナイト家の本当の目的はなんですか？」

「そんなもん知らん」

「おい」

何でも知ってそうな雰囲気を出しておいて、なんだこのジジイ。

思わず図書館の屋根の上から滑《すべ》り落ちそうになった。

「聞きたいのはパトリシア・キンドレッドのことではないのか？　何を勘ぐっとるのか知らんが、彼女は試験を経て入学を認められた。裏工作をして入学したわけではない」

「はあ」

本当に誰の味方なんだ？

「質問は以上か？」

「答えになってないので、まだ問いかけはしてない扱いってことで」

「良かろう。昼休みも直に終わる。授業をサボることは許さん。時折抜け出しておるが、学生の本分を忘れるな」

「はいはい」

うーん、普通に教師として色々言っているだけなのだろうか？

学園での知ってる範囲でしか答えないつもりっぽいので、ジジイが知ってそうなことで気になることを聞くことにした。

「じゃ、何故マリアナを支援して入学させたんですか？」

その上で、俺に守れと約束させた。

運命がどうのこうの言うのならば、ここが物語の渦中《か》ならば、舞台から弾き出された彼女を何故わざわざ舞台に連れ戻したのか。

俺の質問に、ヴォルゼアは一瞬《いっしゅん》だが眉間《みけん》にしわを寄せた。

痛いところ突《つ》かれたか？　意趣返《いしゅがえ》しができてなにより！

「平民にとって敵地ですし、矛盾《むじゅん》では？」

「ま、そうではあるな」

俺の言葉に頷きながら「だが」とヴォルゼアは言葉を付け加えた。

「才能ある者を学園に通わせるのが、学園長の役目である」

「そうやって煙《けむ》に巻くんスね」

「ふむ、多少は教えておこう……お主は運命を信じるか？」

運命。合格を言い渡された時にも口にしていた言葉である。

「多少は、信じています」

この世界においての運命とは、クソみたいなシナリオのことだ。

ブレイブ領は崩壊《ほうかい》し、アリシアは悪魔《あくま》に取り憑《つ》かれ身を亡ぼす。

製作陣によって仕込《しこ》まれたクソみたいな産物だ。

「で、あろうな。だからここにおる」

で、あろうなやめて。

何もかもを見透かしたようなセリフだが、もうギャグだぞ。

でもまあ、それを阻止《そし》するためにここにいるのは確かだった。

「マリアナ・オーシャンは、強い運命を持った子である」

「そうですね」

いずれ聖女になる主人公だからな?

「しかし、今やその強い運命は大きく歪み狂《くる》っている」

黙って聞いていると、ヴォルゼアは言葉を続けた。

「強い力を持つ者は、強い運命に翻弄《ほんろう》される定めである」

「位の高い貴族なんかが良い例ですね」

王族しかし、公爵家しかり、周りには常に誰かが集まる。

光に集まる羽虫のように、でも羽虫程に弱い存在ではなく、みんな狡賢《ずるがしこ》く自分の都合の良いように動こうとする。

扱いを間違えれば、簡単に崩壊してしまう砂上の楼閣《ろうかく》だ。

「まあ、大人しくしていればまだ大丈夫じゃないですか?」

この世界のマリアナはまだ何も目立ったことを起こしちゃいない。

いや、過剰《かじょう》なまでに何も起こらないように自衛している様子は、少しでも元の運命から遠ざかるためにすら思えた。

「甘《あま》い。運命に自分の意志など関係ない。ラグナ・ヴェル・ブレイブ、お主ならばそれをよく知っている筈だ」

「で、すね」

で、あろうなを真似《まね》すると睨まれてしまった、すみません。

話を戻すが、運命は否応《いやおう》なしに襲《おそ》い来るものだってことには賛成だ。

どれだけ遠ざけたとしても意味はなく。

変えるためには何か別の強い力で捻《ね》じ曲げる必要があるのだ。

「マリアナ・オーシャンの持つ運命は、この国の明暗を分ける」

「どこでそんなことを知ったんですか？」

「だからこそ、この学園に入学する手助けを行った」

なんでそう言い切れるのか答えるつもりはないようだった。

未来を予知する魔術は、実は存在する。

細かいことがわかるわけではないが、先々《さきざき》の景色が見えるのだ。

ヴォルゼア・グラン・カスケード。

カスケード公爵家を継《つ》がずに冒険者となり、魔術を極め賢者と呼ばれる存在となった傑物《けつぶつ》ならばおかしくはない。

ゲームの世界でもそんなお助けポジションにいたのだから。

「強い運命を持つ子だが、同じくらいに強い運命を持つ者が多いこの学園ならば、紆余《うよ》曲折《きょくせつ》あれど何とかなろう」

そんな強い運命同士が惹《ひ》かれ合う様を描《えが》いたのが、この乙女ゲーム。

聞こえは良いが、運命で滅ぶ身としてはたまったもんじゃない。

「しかし今、マリアナ・オーシャンは学園で絡み合う運命の外。何の抵抗力《ていこうりょく》も持たぬまま、自身の大きな運命のうねりの中にたった独りだ」

本来は守ってくれるエドワード達《たち》がいたのだろうが、それは軒並《のきな》みパトリシアが奪《うば》い去っていた。

「ってことは、パトリシアが捻じ曲げたってことで良いですか？」

「知らん」

ばっさりと切ってヴォルゼアは続ける。

「パトリシア・キンドレッドは学園内に於いて強い運命を持った者たちとマリアナを露骨《ろこつ》に遠ざけ、そしてマリアナも過剰に遠退《の》く」

元主人公と現主人公、それはまるで磁石の同じ極同士。

「警戒《けいかい》する気持ちもわかる。どこから紛《まぎ》れ込んだのかは知らんが、野放しにしておくよりも入学させた方が良いだろう？」

「それもそうですね」

管理できるなら管理した方が良い、管理しきれるのかは知らないが。

「話を戻す。ブレイブの血筋も強い運命を持っておる。他者の運命を捻じ曲げてしまえる程に強烈《きょうれつ》な運命、故《ゆえ》に下位クラスにしていた。お主の家が何故、捨て地の臭い猿《さる》と呼ばれているのか」

えっ、ちょっと待って臭い猿って言われたことないけど？

シリアスな中で急にエッジの効いた言葉で刺《さ》されて困惑する。

「ブレイブの血は、今のお主の様に抗うことを普通だと認識し、それがどれだけ過酷な運命であっても、死ぬまで、運命が尽きるまで獣《けもの》の様に喰らいつく。他の貴族はそういった血を無意識に嫌うのだ」

「はあ」

嫌われ設定にも程があるって感じの話だった。

黙って聞いていると、昼休みの終わりを告げる鐘《かね》がなる。

「授業が始まる。この辺りにしておこう。お主も遅刻《ちこく》するな」

教師っぽいセリフを言いながら、ヴォルゼアは踵《きびす》を返す。

「守り手のいなくなったマリアナを守れ。お主の戦場がここではないと言うのならば、より一層注視しておくことだ。彼女の運命はこの箱にはではなくもっと別の場所にある」

それだけ告げて、図書館の屋根から颯爽《さっそう》と飛び去って行くヴォルゼアだった。

空気中の水分を掻《か》き分けて、まるで空を泳ぐように。

「アリシア、この間のデートはウチを出てからどこ行ったんです？」

「適当に買い物をした後に、ラグナが食べたがってた串焼き屋《くしや》で買い食いと言うのをしてみたわね」

シリアスジジイを見送りつつベンチに目を戻すと、教室に戻る準備をしながら二人はまだ話し込んでいた。

「えっ、買い食いしたことなかったんですか？　アリシアはなんとなくわかるんですが、ラグナさんまで？」

「意外よね？　でも彼って最近まで汽車にも乗れなかったから、私たちが思うよりずっと世間知らずなタイプよ」

この間のデートのことを話していると思ったら、なんと俺の恥ずかしい思い出だった。

ブレイブ領は汽車なんて通ってないし、屋台もあるわけがなく、実際に立ち寄ってみたら思いの外緊張《きんちょう》してしまったって話である。

「そうなんですか⁉」

「ブレイブ領には無いから仕方ないわね。彼って戦いは百戦錬磨《ひゃくせんれんま》だけど、それ以外はからっきしだから」

よくわかってるじゃないか。

戦闘とか荒《あら》くれ相手にはめっぽう強いが、一般市民に対してはとことん弱いのがブレイブ家なんだ……。

「そんな風には思えませんでしたけど、不思議な方ですよね」

「私も最初はそう思ったけど、今はかなり可愛いって感じ」

　可愛いだと⁉　ブレイブ家なのに、可愛いだと⁉

「でも良いなあ、休日にデートだなんて……手は繋ぎましたか⁉」

「ふふん、繋いだ上にエスコートまでしたわ！」

「え、アリシアがですか……？」

「当たり前じゃないの！」

　胸を張るアリシアに、やや困惑するマリアナだった。

　想像していた話と若干《じゃっかん》変わってきたのだろう。

「ブレイブ領を案内してくれた分、私が王都を案内するの」

「普通逆では……？」

「ラグナにそんなことできると思う？」

　ばっさりと言い切るアリシア。

「自分の中では最高のデートプランを考えてそうだけど、たぶん実行に移したらとんでもないことになるわね。王都が火の海になってもおかしくない」

「ええ……」

「それに私は彼と対等でありたいから」

　アリシアは優しく微笑んでベンチから立ち上がる。

「ほら立ち止まってないで早く教室に戻りましょ？　遅刻するわよ？」

「そうですね」

歩き出すアリシアの背中を見ながらマリアナは呟《つぶや》いた。

「ラグナさんがべた惚《ぼ》れする理由なんとなくわかります。ありゃ可愛い」

第4章　ダンジョン実習

学園のカリキュラムには、ダンジョン実習と言うものが存在する。

ダンジョン内の魔物《まもの》に対して、授業で培《つちか》った魔術《まじゅつ》を実践《じっせん》するのだ。

貴族の通う学園で、何故《なぜ》そんな危険なことを？

それはもう古《いにしえ》の賢者《けんじゃ》が残した伝統に従って、とかそんな理由だ。

全《すべ》ての教員を動員して安全面には配慮《はいりょ》がされているが、それでも気を抜《ぬ》けば大怪我《けが》してしまい兼《か》ねない実習授業である。

ゲームでは、アリシアによって転移魔法陣《まほうじん》が仕込《しこ》まれており、それによってその時一番好感度の高い攻略《こうりゃく》対象キャラとダンジョンの奥深《おくふか》くまで転移してしまうと言う事件が起こる。

今の世界で、誰《だれ》がその役割を担うのか気になるところだった。

学園での逆ハーレムメンバーは平和そのもので、時折悪役へと昇格《しょうかく》したエカテリーナが主人公に嫌味《いやみ》を言う役目を担っているのだが、あの小物が格上貴族を殺しかねない罠《わな》を仕掛《しか》けるとも思えない。

「緊張《きんちょう》しますね。でもアリシアと同じ授業なので楽しみです！」

「そうね、今回ばかりは一人《ひとり》だと危険だから合同で良かった」

緊張した面持ちで剣《けん》を両腕《りょううで》に抱《だ》くマリアナと、堂々とした出《い》で立ちで腕《うで》を組み仁王立ちするアリシアが話している。

制服ではなく軽装備に身を包んだ姿は新鮮《しんせん》だ。

目の火傷痕《やけどあと》が歴戦の冒険者《ぼうけんしゃ》を感じさせて、抑《おさ》えきれないレベルのトキメキを感じてしまう俺《おれ》がいる。

「ラグナさん、なんか緊張してます?」

「え?」

「ないない、これはダンジョンだからワクワクしてるだけよ」

違《ちが》います、アリシアにドキドキしているだけなんです。

無論、合同授業なのでパトリシアと逆ハーレム01連中もこの場に集合しており、開幕から波乱が起きそうな予感がした。

「パトリシア、私が絶対に守るから安心して欲《ほ》しい」

「エドワード……ありがとう、私弱いから……」

「おいおい俺たちを忘れてもらっちゃ困るぜ?」

「そうですよ殿下《でんか》、パトリシアさんはみんなで守るんです」

「一人で良い恰好《かっこう》しようとして、無理をしてはいけません」

「守るよ、僕《ぼく》が」

周りの視線なんて一切《いっさい》気にせず繰《く》り広げられる桃色《ももいろ》空間。

……桃色なのか？

なんかこう、馬鹿《ばか》みたいな色がオーラになって出ている気がする。

ダンジョン実習は、事件が起こった結果、たまたまそこに隠《かく》されていた聖具を発見する大事なイベントなのだが、あの偽物《にせもの》はいったいどうするのだろうか。

「何ですのその装備？　危険なダンジョンに相応《ふさわ》しくないですわ！　賢者の子弟《してい》の癖《くせ》に、守られるためにここにいるんですの？」

「そ、そんな……」

やれやれと思いながら監視《かんし》していると、さっそくエカテリーナがぞろぞろと取り巻きを引き連れてパトリシアに絡《から》んでいた。

「でも殿下が一緒《いっしょ》に行こうって……」

「ふんっ、ダンジョン実習を甘《あま》く考え過ぎではなくて？　殿下を危険に晒《さら》すおつもり？　平民と貴族の命は等価ではなくってよ？」

おお、ちゃんと悪役している。

エカテリーナの言葉に合わせて、後ろの取り巻きたちもうんうんと頷《うなず》いていて少し面白《おもしろ》かった。

「止《よ》さないか、エカテリーナ嬢《じょう》」

「殿下！　ですが！」

「私が誘《さそ》ったのだ。パトリシアは立場上クラスで浮《う》いている話も聞いている。民を守る王族として、一人で危険なダンジョン実習をさせるわけにもいかないだろう」

「ぐっ……」

エカテリーナの表情が歪《ゆが》み、パトリシアを強く睨《にら》んでいた。

パトリシアは「ひっ」と軽い悲鳴をあげながらエドワードの後ろに隠れる。

魔《ま》虫はいないので、普通《ふつう》にパトリシアに絡んでいるだけだった。

「くだらない嫌《いや》がらせをする前に、もっと仲良くしたらどうだ？」

「そうですよ、何のために殿下が率先して交流していると？」

「賢者の子弟は、身分の違いはあれど古の賢者に選ばれた存在だから僕らも学ぶことは多いしね」

「良くないよ、いじめは」

エドワードに続いて、逆ハーレムメンバー各位が次々とエカテリーナの前に立って反論する。

「ふ、ふんっ！　興が削《そ》がれましたわ！」

攻略対象メンバーは、王族、公爵《こうしやく》家、侯爵《こうしやく》家と国のトップに立つ貴族の令息が揃《そろ》っている。

その圧に負けたエカテリーナは、悪態を吐《つ》いて引き下がった。

ゲームにもあったようなシーンを見ながら思う。

悪役アリシアは婚約破棄《こんやくはき》事件でズタボロにされたことから、復讐心《ふくしゆうしん》や嫉妬心《しつとしん》が織り交ざったどろどろとした感情に取り憑《つ》かれていたのだが、エカテリーナが絡む理由はなんなんだ？

小物が王族相手に、ただ相応《ふさわ》しくないという理由で絡みに行けるものなのかと疑問に思う。

色々と物議を醸《かも》してはいるが、平等を掲《かか》げる学園内で平民も何も関係ないと有言実行する王族に、わざわざ嫌味を言いに行く大義名分がわからない。

俺やアリシアを差別することは、ただ性格が悪いからで済ますことができるが、この女もこの女で卒業後を考えているのだろうか。

「なんだか良くない空気ですね……」

「それが普通だったのよ」

困惑《こんわく》したマリアナの言葉に、黙《だま》って見ていたアリシアは一言で返す。

何か思うところがありそうなので、そっと彼女《かのじょ》の傍《かたわ》らに並んで呟《つぶや》く。

「ブレイブ領とは真逆だね。ここじゃどれだけ空気が悪くても死にはしない。でもブレイブ領は空気が綺麗《きれい》で人はすぐ死ぬし」

「……ぷふっ、そのブレイブジョーク、珍《めずら》しく面白いわね」

えっ、ジョークじゃなくて事実なんだが？

でも彼女の笑顔が見れたので良い仕事をしたとしておきましょう。

「そ、そんな怖《こわ》いところなんですか？　ブレイブ領って……」

「いいえ、とても良いところよ。夏季休暇《きゅうか》にはラグナと一緒に帰るんだけど、良かったら一緒にどう？」

「え、良いんですか？　ラグナさん、アリシアからの提案ですが」

「良いよ」

そっちの方がヴォルゼアも都合が良いはずだから、ついでにオニクスと会わせる計画も立てておくか。

「あーら、何か臭《にお》うと思っていたら傷物に捨て地の猿《さる》に平民ね？　まったくここにはあぶれ者が勢ぞろい」

うわっ、エカテリーナがこっちに来た。

パトリシア達《たち》にあしらわれた不満をぶつけに来るだろうとは思っていたが、本当に懲《こ》りない女である。

どうやって乗り切ろうか考えていると、俺が出る前にアリシアがマリアナを守るように立ち塞《ふさ》がった。

「殿下にあれだけ言われて、本当に懲りない女だ」

その口調は、いつもとは違って力強い。

「ぐっ、平民に負けた傷物の分際で！　貴方《あなた》のせいで平民風情《ふぜい》が学園でのさばるようになりましたのよ？　いったいどう責任をお取りになるつもりなのかしら？」

「罰《ばつ》は受けた。私はもう関係ない」

堂々とした立ち振《ふ》る舞《ま》いに、エカテリーナの顔がさらに歪む。

そろそろ顔が攣《つ》ってもおかしくないが、表情筋どうなってるんだ。

「不様に敗北した貴方のせいで、私たちがどれだけ肩身《かたみ》の狭《せま》い思いをさせられたと思ってるのかしら？　あれだけ持ち上げてあげたのに」

「恩着せがましいところは変わってないのね」

「ぐっ、この傷物め！」

「いくらでも蔑《さげす》むと良い。それだけのことをした。だがもう関係ない」

アリシアは毅然《きぜん》とした態度で続ける。

「貴方の中に思うところがあるならば決死の思いで忠言すれば良い。決闘《けっとう》でも何でもすれば良い。もっとも賢者の子弟に勝てるとは思わないし、今の私にとって貴方の勝敗なんてどうでもいいけど」

「傷物の分際で、捨て地の猿と平民を従えて良い気になってるの？　まっ、お似合いね！　一生コーヒーでも飲んでなさい！」

「コーヒーは好きだから今後も飲むつもりよ？」

「チッ、話しにならない！　興ざめね！　行きますわよ！　あー、コーヒー臭《くさ》くて仕方がないですわ！」

完璧《かんぺき》にあしらわれたエカテリーナは、悔《くや》しそうに去っていった。

俺の思っていた通り、アリシアは強い女だった。

あの毅然とした姿を見て、俺はもっと好きになってしまった。

ヤバい、ダンジョンに来てからトキメキが休むことを知らない。

「私のせいで変なのに絡まれちゃったわね、ごめんなさい」

「格好良かったよ。それでこそブレイブ家って感じ」

「ふふっ、ありがとラグナ」

「とりあえずアリシアを傷物呼ばわりしてたね、殺そうか？」

「ハウス」

わんわん。

ダンジョンにまで首輪を持ち込《こ》んでるとは思わなんだ。

まあ、不様に引き下がる内は手出しはしない。

万が一にも危害を加えようとした場合には、生徒だろうが貴族だろうが関係なく潰《つぶ》させてもらう。

「ねぇアリシア……今の方、コーヒーを馬鹿にしましたよね？」

「え？」

「ん？」

思わぬ殺気、マリアナからだった。

「私の大切な友達《ともだち》を馬鹿にして、さらにコーヒーまで……許せません。貴族だったとしても絶対に許せません」

「マリアナ、落ち着いて？　ね？　ね？」

余りの変貌《へんぼう》具合にアリシアが慌《あわ》てふためいていた。

さすがはコーヒーの妖怪《ようかい》である。

色々と起こったもののダンジョン実習はつつがなく始まりを迎《むか》えた。

いったい誰の策略なのか、何故か俺たちが先陣《せんじん》を切ることに。

「まあ、俺のせいか」

そう呟きながら、俺はダンジョンの入り口で忌々《いまいま》しそうに睨んできた試験官の顔を思い出していた。

事故を装うためか、それとも最初の露払《つゆはら》いか。

「気にしてないわよ、このくらい」

「アリシアは私が守りますから！」

隣《となり》にいるのは、魔術大国で英才教育を施《ほどこ》された才女と身分を超《こ》えて学園に合格を果たした賢者の子弟である。

実習範囲《はんい》の浅い階層ならば遠足気分で帰ってこれるレベルだった。

「楽しみだな、わくわく」

ダンジョンって不思議だ。本当に不思議だ。

ダンジョンに生息する魔物はどこから生まれてくるのだろう。

そもそも何のために作られたのか、本当に謎《なぞ》。

この異世界チックな甘美《かんび》な響《ひび》きは俺をすごくワクワクさせる。

「ラグナ、まるで遠足気分ね？」

「ブレイブ領のダンジョンはもっとすごいよ？」

入り口にたむろしてくだらない言い争いなんてできないのだ。

奥《おく》で何を守っているのか、侵入者《しんにゅうしゃ》に容赦《ようしゃ》なく襲《おそ》い来る。

「先陣上等、全部狩《か》り尽《つ》くしてやる」

ダンジョンの魔物は、倒《たお》すと核《かく》の様なものを落として霧散《むさん》する。

魔素を貯《た》め込み凝縮《ぎょうしゅく》したそれを魔核と呼ぶ。

魔素に満ち溢《あふ》れ魔術の発展した世界にとって、それはそこそこ重要なエネルギー資源なのだった。

つまり、稼《かせ》ぎ時！

アリシアとの倹約《けんやく》生活に文句はないが、コーヒーにも色々な種類があると知ってしまった今、金がいる。

「フフフフフフ」

「ラグナさん、すごく笑ってますね……？」

「ああ、気にしないで良いわよ？　よくあるし」

「そうなんですか？」

「今は王都で借りてきた猫《ねこ》みたいになってるけど、ブレイブ領だと突拍子《とっぴょうし》もないことをよくしてたから、たぶん久しぶりのダンジョンでテンションが上がってるのよ」

聞き捨てならないな？　ブレイブ領ではこれが普通なんだが？

怪《あや》しい笑い声をあげている連中が多いんだが？

「まあそう言うことにしておこう。実際にそうだし」

何にせよ、最初にダンジョンに入ることができたのは運が良い。

破滅回避《はめつかいひ》に必要なアイテムがこのダンジョンに隠されている以上、それを回収する絶好のタイミングだった。

「じゃ、行こうか」

それから主に俺が魔物を殺し続けてダンジョンを進んでいった。

出てくる魔物を斬《き》り捨てて、殴《なぐ》り飛ばし、どんどん進んでいく。

「そしてたまに逃すっと……」

「良いの？　後ろの方からまだ人が来ると思うけど」

そう言いながらゴーレム型の魔物を見送るアリシアだが……。

『パトリシア！　危ない！　ここは私が盾《たて》になる！』

『王族が盾になってんじゃねえ！　俺に任せろ！』

『私の後ろが安全ですから、パトリシアこちらへ！』

『後ろが良いよ、僕の』

『では王族である私とパトリシアが後ろへ下がろう！』

『てめぇズリィぞ！　エドワード！』

『そうですよ殿下！　では全員で彼女を守りましょう！』

後方から聞こえてくる声にスンッと真顔になっていた。

「せっかくのダンジョン実習なんだから、戦わないと」

「それもそうね」

「良いんですか二人とも……まさかこれがブレイブ家流……？」

「いや、こんなのブレイブ家ではやらないよ」

困惑するマリアナのセリフを訂正《ていせい》しておく。

わざわざ魔物を間引きするなんてことは、ブレイブ家ではやらない。

その時出会った魔物に殺されてしまえばそれまでで、生き残れなかった奴《やつ》が弱かったと言うことになるのだ。

「そうですよね、程々《ほどほど》にしておかないと怒《おこ》られちゃいますよ？」

「そうだね、このくらいにしておこうか」

セバスだったら甘やかすなと途中《とちゅう》で苦言を呈《てい》すだろうし、わざわざサーチアンドデストロイするのはやめておこう。

魔核もそこそこ貯まって来たし、襲ってくるやつ以外はノータッチだ。

「……絶妙《ぜつみょう》に会話がズレてるわね」

「まあ心配はいらないよ。ダンジョンで一番危険な物は対処してるし」

呆《あき》れるアリシアに言葉を返した時、バシュッと壁《かべ》から俺の肩《かた》に矢が飛んできた。

これがダンジョンで一番危険な物、即《すなわ》ち罠である。

魔物ばかりに気を囚《とら》われて、視界の外から飛来する罠で死ぬ冒険者は多いのだ。

しかし妙《みょう》だな、生徒が入っても良い階層には致死率《ちしりつ》の高い罠は存在しないはずだったのだが……。

「ラグナ大丈夫《だいじょうぶ》？　思いっきり毒矢が命中してたけど？」

「直撃《ちょくげき》してましたよね……？」

毒の仕込まれた矢は、明らかに殺意を感じ取れた。

狙《ねら》いは俺か、アリシアか、マリアナか、まあ全員だろうな？

「平気」

俺の得意な魔術は、障壁《しょうへき》であり自由に形を変更《へんこう》できる。

それこそ身体《からだ》の周囲数ミリに保護膜《まく》を形成できるほど。

この障壁の保護膜は、無意識下で致命《ちめい》的な事象を通さないように設定しているので、奇襲《きしゅう》を受けても安心安全なのである。

致命的な事象とは、一定以上の速度を持った物や、一定以上の魔力《まりょく》が込められた魔術。

「当たったように見えて、薄皮《うすかわ》レベルでギリギリ当たってないよ」

「相変らずとんでもない芸当ね？」

「最初は苦労したけど、十年以上続けてたらこうなるよ」

三歳《さい》の頃《ころ》、魔物に生死を彷徨《さまよ》う傷を負わされた。

どうしようもなく死ぬのが怖くて、森の中でいきなり襲われても全身覆《おお》えば関係ないと言う発想から生み出された物。

最初は意識的にやるしかなくて、脳が焼け焦《こ》げるんじゃないかってくらいの集中力を要し、魔力が尽きて気絶して死にかけたりもした。

途方《とほう》もない訓練の結果、実践と言う名の血みどろの戦争の結果、無意識下でもできるようになっていった。

「うわぁ、とんでもなく綿密で、とんでもなく繊細《せんさい》な魔術ですね！」

メガネをクイクイと動かしながら、マリアナは興味深そうに鼻息を荒《あら》げて俺の身体をペタペタと触《さわ》る。

「ごほんっ、マリアナ？　一応私の婚約者《こんやくしゃ》。こんなでも」

「あ、すみません。魔術となると気になって仕方なくて」

こんなでもって何だ？

もともとこんなだよ、そしてこれからもこんなだぞ。

「制服を着てる時はわかりませんでしたが、意外と筋肉も……」

ずーっと戦ってたら戦うための筋肉が自然とつくもんだ。

逆に執務《しつむ》をやらなかったため、あの時は本当に腱鞘炎《けんしょうえん》が辛《つら》かった。

家にアリシアが来てくれて良かったと心の底から思ったのである。

「聞くだけだとやっぱり万能《ばんのう》だけど、弱点はあるの？」

「あるよ」

アリシアの疑問に素直《すなお》に答えておく。

「魔力が尽きたら普通に使えなくなる」

消耗品《しょうもうひん》の様なもんで、俺の持つ魔力量を超えるレベルの攻撃《こうげき》を受ければ貫通《かんつう》する。

他にも、俺の想定する範囲を超える様な魔術も無意識下では難しい。

満腹状態のオニクスが、寝《ね》ている状態の俺に全力で牙《きば》を剥《む》いた時は、あっさりと食べられてしまうね。

「ちなみにラグナの魔力が尽きることってあるの？」

「アリシア、俺を何だと思ってるの……？」

「ラグナ」

「はい、ラグナです」

いや答えになってなくない？

使えば尽きるよ、人間だもの。

「そうだ、とりあえずアリシアもマリアナもまだ無詠唱《えいしょう》で魔術が使えないなら夏季休暇を利用して特訓しようか。ブレイブ式の訓練ね」

魔術学園では無詠唱なんて教えていない。

本当に戦うための魔術は、卒業後そういった進路へ進んだ場合のみ改めて学ぶことになるからだ。

今後を考えると、ある程度は実力をつけてもらうのは必須《ひっす》なので、ブレイブ式ブートキャンプで強くなっていただこう。

「わあ！　良いんですか？　それは嬉《うれ》しいです！」

「し、死なない程度によろしくね……」

無邪気《むじゃき》に笑うマリアナだが、ブレイブ家を知るアリシアは訓練の過酷《かこく》さを想像できたのか青い顔をしていた。

「ま、夏にはここよりも致死率の高いダンジョンを体験させるつもりだから、一旦《いったん》今日は見てるだけで良いよ」

そう告げると少しだけ唇《くちびる》を噛《か》みしめるアリシアだが、何の対策も講じていない状況《じょうきょう》で罠の中を歩かせるわけにもいかない。

歯痒《はがゆ》い気持ちもあるかもしれないが今日は俺が前に立って守る。

こういう戦闘《せんとう》パートは俺の主戦場だ。

準備運動にもならんがな。

そう思いながら歩いていると、何やらメガネをクイクイと動かしながらマリアナがダンジョンの壁際を見つめていた。

「ふ〜む……」

「マリアナ、どうしたの？　罠でも見つけた？」

「いえ、ダンジョンって不思議だなって考えてまして」

何もない壁をペタリと触りながらマリアナは言葉を続ける。

「ダンジョン内の魔物は、どうして死骸《しがい》も残らず霧散してしまうのでしょう？　吸い込まれてしまうんでしょう？　まるで生き物の胃袋《いぶくろ》みたいですよね？」

「ちょっと怖いこと言わないでよ」

「アリシア、生き物かどうかはわかりませんけど、そうだとしてもおかしくないのがダンジョンですからね〜？」

少し怖がるアリシアを面白がりながら、マリアナはどこからか持ち出した小さなピッケルでガッガッガッとダンジョンの壁を叩《たた》き始めた。

さすがの俺もこれには絶句である。

「ここは古の賢者が作り出したとされていますが、だとすればダンジョン全体が魔術で作られていたり？　壁も土属性の魔術なら壊《こわ》して持って帰ったら発見があるかもしれないですよね！」

ガッガッガッ。

「気持ちはわかるけど、迂闊《うかつ》なことはしない方が良いよ……」

謎ばかりで解明されていないものがダンジョンであり、何が起こるかわからないってのが常識だ。

彼女のマッドサイエンティストっぽさは、本当に乙女《おとめ》ゲーの元主人公なのか疑ってしまう程である。

しかし俺の言葉も虚《むな》しく、彼女の元主人公っぷりは発揮された。

「摩訶不思議《まかふしぎ》なことにダンジョン産のコーヒーもあるそうで、いつかは飲んでみたいんですよね」

ガッガッガッ。

「って言うか、自然界の植物などは栽培《さいばい》できるんでしょうか？　洞窟《どうくつ》内に自生してそうなものは見当たりませんでしたが」

ガコッ。

「ガコッ？　何でしょう今の音」

「下！　足元！　マリアナ！」

アリシアの叫《さけ》びにマリアナが下を向くと、彼女の足元に魔法陣が浮かび上がっていた。

誰よりも早くアリシアがマリアナを助けようと駆《か》け寄り、俺も空気を読んで彼女たちを囲う魔法陣に乗る。

この魔法陣には見覚えがあった。

悪役時のアリシアが使用した魔法陣。

二人を入り口に返してから一人で来るつもりだったのだが、まさかこうなってしまうとは運命とは本当に恐《おそ》ろしいものである。

◆◆◆

いったい何が目的で作られたのか、この最下層へと続く魔法陣は、エドワードルートではアリシアの策略で、それ以外ではこうした主人公や攻略対象キャラのやらかしが原因で起動する。

転移魔法陣から長く伸《の》びる一本道を少し歩くと開けた場所に辿《たど》り着き、そこには古の神殿《しんでん》の様な空間が広がっていて、奥に控《ひか》える巨大《きょだい》な扉《とびら》の前にはミスリル製の巨人《きょじん》が座っている。

まるで何かを守るかのように、もしくは誰かを待ちわびているかのように。

そのミスリルで作られた門番を倒すと奥の扉が勝手に開き、中にある台座の上には聖具の一つとされるペンダント。

最初は、なんだか貴重そうなただのペンダントって認識《にんしき》で「これは癒《いや》してくれた君に送るよ、絶対に似合うから」みたいなセリフと共に、各攻略対象キャラクターたちから主人公に贈られる。

真価を発揮するのは物語の終盤《しゅうばん》で、厄災《やくさい》が起こり王都が危機に瀕《ひん》した時に聖具の一つが輝《かがや》きだして主人公に力を与《あた》えるのだ。

　攻略対象キャラクターによっては、他にも聖具を回収するエピソードが存在し、クリアに必要な聖具の数も変わるのだが、エドワードルートのみこのペンダント一つで良い。

「私、ひょっとして良くないことをしちゃいました？」

「そうね、たぶん……いや絶対良くはないと思う……」

　転移してから当てもなく真《ま》っ直《す》ぐな道を歩く中で、首を傾《かし》げるマリアナを前にアリシアは額を抑えて溜息《ためいき》を吐いていた。

　うーん、余りにも迂闊。

　まさかあんなところに転移罠があるなんて俺も知らなかっただけに、さすがは元主人公と言ったところか。

「ここは最初の壁とはまた違った壁が……」

「こらっ！　ピッケル禁止！　削《けず》り取った物も捨てていきなさい！」

「ああん、アリシア！　それだけは！　それだけは！」

　この期《ご》に及《およ》んでまだ壁を削ろうとしていたので、アリシアがすぐに奪《うば》い取り叱《しか》っていた。

「うー、世紀の大発見ができると思ったのに……」

「まずは身の安全！　帰れなかったらコーヒーも飲めなくなるわよ？」

「実は持ち込んでいるので、人生最後のコーヒータイムは可能です」

「なんで持ち込んでるのよ……色々心配してた私が馬鹿みたい……」

「ダンジョンに食糧《しょくりょう》などを携帯《けいたい》するのは大事なことらしいですよ？　本で読みましたし、許可も得てます！」

アリシアから「それは本当か」みたいな視線を向けられるのだが、言ってることは間違《まちが》ってないので苦笑《にがわら》いしながら頷いておいた。

許可も得ているのならば、仕方がない。

「はぁ……」

「アリシア、一度コーヒーを飲んで落ち着きましょう」

「そうね……お願いするわ……」

色々と諦《あきら》めたような表情で、アリシアは魔法の瓶《びん》から注がれたコーヒーを受け取って飲み始めた。

そんな二人の様子を見ていて思う。

この二人、ブレイブ領の山脈に放《ほう》り出しても意外と普通に生きて行けるだろうな、と。

「ラグナ、道はここしかないみたいだけど、このまま進むの？」

「それしかないから仕方ないね」

コーヒーブレイクを挟《はさ》みながら、俺たちは今後について話し合う。

「そうなんだ……」

「ダンジョンでこうした罠を踏《ふ》んだ場合は、たいてい詰《つ》みだし」

余り望みがあるようなことは言わない。

救助を待つのも不可能で、ダンジョン内では魔物が霧散してしまう都合上、食って生き延びることすらできないからだ。

くつろいでいて余裕《よゆう》そうだが、実際には超《ちょう》危険な状況なのである。

「じゃあ、どうしたら良いの？」

「目の前にある道を進み続ける、以上」

運よく上層か下層か、どちらかに繋《つな》がる通路に出られればまだ救いは在ったりするのである。

「傾向《けいこう》的に、転移罠は最下層か同じ階層の別の部屋に飛ばされることが多いから転移前の場所を記《き》憶《おく》しておくことが大切かな」

「そうなんだ」

「でもどっちにしろ踏んだら死ぬから本当に気をつけて。もし普通のダンジョンだったらマリアナは僕らを殺してたよ」

「す、すみません！　ダンジョンについ興味が向いてしまって！」

サクッと危険を伝えると、マリアナは青い顔になっていた。

コーヒーを飲んで落ち着いたからテンションが戻《もど》ったのだろう。

「あんまり脅《おど》さないのって言いたいところだけど、さすがにこれは洒落《しゃれ》にならない状況なのよね」

踏《とう》破《は》されたダンジョンはまだまだ少なく未知の存在で、踏み込めば大自然の様に容赦なく殺しにかかってくる。

それでも俺はダンジョンに行くんだ、異世界っぽいから。

「ラグナ、一応私たちは大丈夫よね？　貴方やけに落ち着いてるし」

「古の賢者が作った場所らしいし、確かどっかの文献《ぶんけん》に最深部の守護者を倒せば地上に戻れるとかなんとかあった気がする」

俺が知ってるのもおかしいので適当にごまかしておく。

「気がするって、大丈夫なの？」

「何があっても俺は君を守るって誓《ちか》ったから、大丈夫ったら大丈夫」

「それはそうだけど……あ、ありがと……」

「歯が浮くようなセリフですねぇ、羨《うらや》ましいです、やれやれ」

紅潮してそっぽを向くアリシアと「ここダンジョンですよ？」と開き直りに近い言葉を呟くマリアナを横目に、俺たちはついにダンジョンの最深部へとたどり着いた。

ダンジョンの最深部に存在する巨大な空間は、何か御大層《ごたいそう》な儀式《ぎしき》にでも使われていたと思《おぼ》しき古の神殿。

知識通りならば、奥の巨大な扉の前に守護者の様にミスリルゴーレムが座っている。

あくまで知識通りならば、だ。

「……誰だ、お前」

思わず呟く。

目の前にある光景は、記憶の中にあるそれとはまるで違っていた。

炎《ほのお》を纏《まと》った人型の何かが、ドロドロに溶解《ようかい》してしまったミスリルゴーレムの上に佇《たたず》んでいたのだ。

「ギヒ……？」

俺の声に反応し振り返った人型は、ニヤリと笑う。

「――ッ！」

その瞬間《しゅんかん》に猛烈《もうれつ》な殺気を感じた。

直感に従って障壁を展開すると、炎の人型いや灼熱《しゃくねつ》の魔人《まじん》から猛烈な炎が俺たちに向かって放たれる。

ゴウッ！

障壁によって阻《はば》むが、炎が纏う魔力量はあまりにも膨大《ぼうだい》だった。

脇《わき》に飛び散った炎は、床《ゆか》にまとわりつくようにして燃え続ける。

「わわわっわわ、ラグナさん、もしかしてアレが守護者ですか⁉」

「どうだろうな」

慌てふためくマリアナだが、守護者なのかは俺にもわからない。

ミスリル製のゴーレムは魔術の親和性が高く硬《かた》い、ちょっとやそっとの攻撃では傷一つつかないはずなのだが、ドロドロだ。

つまり、溶解できる程の強さだってことは確かなのである。

「二人とも、とにかく下がっていて欲しい」

油断はできない、火属性なのがとにかく厄介《やっかい》だった。

魔術による炎は、魔力を燃焼の材料としているためこの場の酸素が尽きることはないが、耐性《たいせい》が無ければ熱せられた空気を吸うだけで肺に致命傷《ちめいしょう》を負う。

「それぞれ火属性に耐性のある防御《ぼうぎょ》……って、アリシア大丈夫か？」

「火……い、いや……嫌……」

めらめらと燃える炎を前に、アリシアは怯《おび》えて座り込んでいた。

火傷の痕に手を当てて、錯乱《さくらん》状態に近い。

「ギャハッギャハッ！」

それを見ながら灼熱の魔人は手を叩き飛び跳《は》ねて喜んでいた。

なんだあの野郎《やろう》、それよりもアリシアが不味《まず》いな。

「アリシア、俺を見ろ、アリシア、大丈夫だ」

「う……あう……」

顔を掴《つか》んで見つめると、彼女の視線は周りに散った炎に向けられている。

そうか、炎か。

アリシアは決闘に負けて大きな火傷を負っていた。

平気そうに振舞《ふるま》っていたとしても、彼女の中にある敗北の恐怖《きょうふ》は心の深い場所に刻みつけられ残っているのだろう。

ダメだな、一度こうなったら並みの兵士でも戦場には復帰できない。

「マリアナ、水属性で防御系の魔術は使えるか？」

「アクアベールなら……」

アリシアの震《ふる》える手をマリアナに渡《わた》して告げる。

「全力で展開して、アリシアの傍《そば》にいてあげて欲しい」

「は、はい！」

戦いの余波に巻き込まれないように、頼《たの》むぞ賢者の子弟。

「ラグナさんはどうするんですか？」

詠唱を終えてアリシアと共に水の皮膜《ひまく》に包《くる》まれる最中、不安の色を隠せないマリアナに俺は笑顔で答えた。

「あいつをぶっ殺してくるよ」

そう、ぶっ殺す。

見据《みす》えると言葉が理解できるのか、灼熱の魔人は炎の顔面に浮かぶ黒い顔をニタリと歪ませていた。

膨《ふく》れ上がる魔力と身に纏う炎がより一層熱を帯び、それはまるでやってみろと言っているかのよう。

「まるで太陽だな」

熱が空間を支配して、何本もそびえ立つ神殿の柱が歪んで見える。

周りの環境《かんきょう》に影響《えいきょう》を及ぼすレベルの魔術は、苦手な部類だ。

アリシアたちに語っていた様に、生み出された熱を障壁で阻害《そがい》するのに魔力を消耗《しょうもう》してしまう。

これ程までに強力な魔力を秘めた存在は、俺の知る限りだと竜《りゅう》やフェンリルなどの伝説の魔物もしくは、――悪魔《あくま》。

物語後半で、悪役時のアリシアが復讐《ふくしゅう》のために魂《たましい》を売り渡した存在である。

特徴《とくちょう》は、異形の人型。

この世界とは違う世界に住まう悪魔は、姿形を持たない故《ゆえ》に人間を頼《たよ》らなければこの世界に顕現《けんげん》することは叶《かな》わない。

顕現した際は、代償《だいしょう》を支払《しはら》った個人の影響を大きく受けた姿を形取り、目の前にいるような魔人の姿が出来上がる。

「教えてくれると助かるんだが、中身は誰だ?」

「……ギヒ」

灼熱の魔人は、ニタリと笑った表情を崩《くず》さなかった。

悪魔と化したアリシアの代わりを担っている可能性があるので、いったい誰がその役目なのか知りたかったが仕方ない。

「ま、そうだよな、話しかけたところで意味はないか」

悪魔と取引した人間は、己《おのれ》の中の欲望が大きく増幅《ぞうふく》され、それは狂気《きょうき》へと至り正気を保っていられない。

「ギャハハッ！」

何の狂気を抱くのかわからないが、確実に殺す意思は伝わってきた。

何処《どこ》から来たのか誰の差し金か知らないが……。

「アリシアのトラウマを刺激《しげき》したことの責任を取ってもらおうか」

「ギャハァッ！」

腰《こし》に差していた剣を抜き正面に構えると、魔人は大きく跳躍《ちょうやく》し肉薄《にくはく》する。

ゴオォォッ――――ッ！

空中で間髪《かんはつ》入れずに魔人の片手から巨大な火球が放たれた。

俺はそれを真っ二つに斬り裂《さ》き、火球の断面に障壁を展開、無理やりこじ開け一歩踏み込む、と。

「どうせ裏にいるんだろ？」

火球の裏に隠れていた魔人の首を刎《は》ね飛ばした。

目眩《くら》ましなんて初歩中の初歩、引っかかるのはバカくらいだ。

「ギャヒヒッ」

手ごたえはあった、だが灼熱の魔人は宙に浮いた自分の首を掴むとすぐに元の位置に戻してくっ付けてしまった。

「これで死なないのか」

一度、隣国《りんごく》の悪魔憑《つ》きと戦ったことがある。

そいつもかなりしぶといタイプだったが、中身は人間でさすがに首を斬り落とせば死んだ。

「ギャハハハッ」

すごいだろ、どうだ殺してみろ、そうやって嘲笑《あざわら》う魔人を前に、次は自然体で剣を構える。

ま――。

「さして問題はない」

足元で小さく圧縮した障壁を踏み破る。

――ドンッ！

ダンジョンの床が砕《くだ》ける程の勢いで灼熱の魔人の懐《ふところ》へと一瞬《いっしゅん》で飛び込み、剣で巨大な扉に縫《ぬ》い付けた。

巨大な扉がひしゃげ、中に輝く聖具のペンダントが覗《のぞ》く。

「グギギッ⁉」

人智《じんち》を超えた速さに、魔人のニタリ顔は消えていた。

「迂闊過ぎる」

初撃《げき》の目眩ましが通用しない相手に対して、余裕を見せるだなんて本当に迂闊でしかない。

裏をかくなら相手の意識の外側から思いもよらない方法を全力で、それがブレイブ家流だ。

首を刎ねた時が一番ワンチャンあったのにな？

出来る奴かと思いきや、戦いはブレイブの冒険者以下である。

「ギャハハハハッ！　ウカツ、オマエガ」

急に魔人が喋《しゃべ》り始めたかと思ったら、魔力が強まり炎の身体はさらなる熱を帯び始めた。

突《つ》き刺《さ》した剣《つるぎ》はすぐに溶《と》け始め、俺ごと燃やし尽くすつもりらしい。

「ギャハハハハッ！　ギャハッ！　ギャハ……ハ？」

だが、魔人の高笑いは次第《しだい》に勢いを失って行く。

いつまでたっても燃えない俺を見て、真っ黒な目と口しかない狂《くる》った顔が、まるで信じられないものを見たとばかりに歪んでいた。

「ギッ……！」

「余裕はどうした？　これなら竜のブレスの方がまだ熱いな」

そう鼻で笑いながら、魔人の胸に貫手《ぬき》を突き刺した。

どれだけ異形になろうとも、元は人間なのだから内側から潰せば問題ない。

「……あれ？」

そう思っていたのだが、魔人の体内を弄《いじ》ったところ何もなかった。

魔人の身体を構成する物は炎しかなく、まるで空っぽ。

「そりゃ首を飛ばしてもピンピンしてるわけだ」

「ギヒッ」

俺の反応に魔人は再びニヤける。

これは高度な人形であり、本体は別にいるってことだった。

「余裕そうな表情だが、種がわかれば問題ないぞ」

障壁は、通す通さないの識別を行う性質上、障壁で触《ふ》れたもの全てを知覚することに長《た》けている。

だから、これが誰の魔力なのか探《さぐ》るのだ。

「これで見逃《みのが》す程、俺は甘くないからな」

「ギッ……ァァァァァァアアアアアアアアアアア‼」

俺のやろうとしていることを察知したのか、耳を劈《つんざ》く金切り声を張り上げながら魔人の魔力が膨れ上がっていく。

自爆《じばく》するつもりか。

膨れる魔力量から判断して、自爆の規模はこの最深部の空間を覆いつくす程の威力《いりょく》を秘めていることが窺《うかが》い知れた。

「チッ、誰が操ってるんだか」

一人で戦っているのなら問題ないが、後ろの二人は耐《た》えきれない。

火属性に強いアクアベールでも蒸発してしまいそうな勢いだった。

「クソ野郎。安全圏《あんぜんけん》から笑いやがって」

聖具のペンダントを片手に後方へ飛び退《の》き、風船のように膨らんだ魔人を睨む。

「魔力の感覚は掴んだからな？　次は本体を見つけて確実に殺すぞ」

障壁を張り、もはや人型ですらなくなった魔人にそう告げると、奴はニヤリと笑って爆《は》ぜた。

今までとは比べ物にならない程の膨大な熱量が、ダンジョンの最深部を焼き尽くしていく。

「これはちょっと熱いかな？　まあ多少の火傷は仕方ないか」

炎はしばらく収まりそうもない。

それよりも逃《に》がしてしまったことは悔《く》やまれるのだが、相手の持つ魔力はしっかり覚えた。

奴が欲しがっていたペンダントも確保しているし、火の粉を払《はら》い続けていればいずれはまた戦うことになるだろう。

「それにしても眩《まぶ》しいな、次はサングラスでもして戦おう……」

◆◆◆

ダンジョンでの騒動《そうどう》後は、特に何事もなく終わりを迎えた。

炎が収まって、一番奥の部屋に都合よく配置されていた転移魔法陣で入り口近くまで戻ってこれたのである。

撤収《てっしゅう》時間を過ぎて一番後だったので、試験官ではなく学園長ヴォルゼアが待ち構えていたのだが、爺《じい》さんは俺たちの安全を確認《かくにん》すると無言で立ち去った。

いや、俺くらいにしか聞こえない声で『よくやった』とかなんとか呟いていた気がする。

何かあれば助けるつもりだったのかな？

主人公のお助けキャラ枠《わく》だから、物語本編の中でもこうしていつでも助けられるように構えていたのだろう。

大丈夫、二人とも戦いの余波による外傷もなく無事だ。

だが、トラウマを刺激されてしまったアリシアが少し心配だった。

俺もマリアナも、彼女の決闘時の詳《くわ》しい状況を知らない。

アリシアの火傷とあの炎は何か関係があるのだろうか？

主人公ポジションにいるパトリシアは、物語をクリアするために聖具の一つであるペンダントが必要なのだから、関係ないわけがないと言うのが俺の見解である。

トラウマを何とかしてあげたいのが本音だが、心の問題を克服《こくふく》できるのはあくまで抱《かか》える本人でしかない。

歯痒いが、俺には傍にいてあげることしかできないのだった。

でも俺は信じてる、アリシアならきっと克服できるって。

思わず見惚《みほ》れてしまう程、強い女だからね。

どうしても無理なら俺が忘れさせてやろう。

夏季休暇にて、ブレイブ式ブートキャンプでトラウマなんて目じゃないくらい衝撃《しょうげき》的な経験をさせてあげるんだ。

断じていやらしい意味ではない。

うら若き俺たちにはまだそう言うのは早いと思うんで。

「ラグナさん、泳がないんですか？　せっかくのプールですよ！」

「あとでね。アリシアが来てからでいいや」

プールサイドに置かれたベンチに座ってアリシアのことを考えていると、目の前に競泳用の水着を身に着けたマリアナが現れた。

瓶底メガネが芋《いも》臭さを助長しているが、やはり元主人公だからこそプロポーションは抜群《ばつぐん》である。

平民と言う立場は、騒動を起こしたパトリシアのおかげで庇護《ひご》が無ければ色々と危ぶまれているのだが、身分を弁《わきま》えた対応を徹底《てってい》したおかげで、マリアナはあまりヘイトを買っていない。

むしろ彼女の魅力《みりょく》に気が付いた生徒がちょくちょくいるのだが、貴族をとことん避《さ》ける習性故に中々近づけないため、隠れファンが多い現状にある。

「何で捨て地と仲良いんだ？　あんな野郎相手にしないでいいのに」

「おい、あんまり変な噂《うわさ》したら呪《のろ》われるぞ」

「あいつにずっと嫌がらせしてた奴らがどうなったか知ってるか？」

「みんな事故だって話じゃないのか？　噂は噂だろ？」

「でもあの身体、すげぇ傷だぞ、人を殺してそうなレベルだ」

その結果、何故か俺が野郎共からヘイトを受けることになっていた。

どいつもこいつも嫉妬《しっと》に狂った目で俺を見ている。

悲しいことに、俺に友達ができるのは夢のまた夢なのだった。

「お前らがビビってるなら俺は行くぞ！」

「抜け駆《が》けとは貴族の風上にも置けない奴だぞ！」

「瓶底の姫君《ひめぎみ》！　良かったらプールサイドでお茶しませんか！」

遠くから野郎どもの叫び声が聞こえる。

「ラグナさん、アリシアはいつ来るのでしょう？」

対するマリアナは、あっさり無視していた。

「あの、呼ばれてない？　向こうから」

「まさか、この学園で私を呼ぶ人なんてラグナさんとアリシアくらいしかいませんよ～」

「あっそう……」

無視と言うより、そもそも聞こえていないのが正解だった。

聞こえていないと言うか、認識していないと言うか、貴族アレルギーもここまで来ればあっぱれとしか言いようがない。

まあ聞こえないで正解か、なんだよ瓶底の姫君って、褒《ほ》めてるのか貶《けな》してるのか意味が分からないことになっている。

「あれ～？　アリシアはどこにいるのでしょう？」

「来ないなら来ない方が良いけどね、今すごいし」

「まあ、そうですね……」

そんな会話をしながら、俺たちは賑《にぎ》わうプールを遠目に見ていた。

「パトリシア！　君は泳げないんだったね？　だったら教えよう」

「エドワード……でも、私本当に水が苦手で……こわぁい」

「大丈夫、私がついてる。さ、ゆっくり水に浸《つ》かってごらん？」

「殿下！　殿下に水泳を教えたのが私であることをお忘れですか？　水泳と水属性の魔術に関しては、このラッセル・グラン・カスケードにお任せを」

「へっ、泳ぎと魔術はまたちげぇんじゃねーのか？」

プールの授業は、ダンジョン実習と同じように一斉《いっせい》に行われるイベントみたいなものだ。

教室の違う主人公が、攻略対象キャラたちと絡む絶好の機会であり、水着姿のイケメンたちを見れる最高の舞台《ぶたい》である。

丁度ダンジョンでの戦闘後だからご褒美《ほうび》イベントって感じ。

そんなわけで、学園内のデカいプールは、逆ハーレム集団によってかなりの賑わいを見せていた。

「何で平民が……妬《ねた》ましい……！」

「暇《ひま》があるなら、心の目に焼き付けるのよ、この光景を！」

「ねえねえ君たちお茶しない？　良い紅茶と茶菓子《ちやがし》あるよ」

「ちょっと男子邪魔《じやま》！　視界に入らないで！」

嫉妬深い視線もあれば、ただただ水着姿のイケメンに熱い視線を送る女子もいて、その後ろから悔し涙《なみだ》を流すモブ男子生徒と言う、馬鹿みたいな面白生態系が出来上がっている。

「なんで俺たちは視界に入ることも許されないんだあああ！」

「せっかく身体を鍛《きた》えて来たのに！　切っ掛《か》けすらないのか！」

嘆《なげ》くマックス馬鹿野郎《ばかやろう》共よ。

プールの授業でお茶に誘うのが間違っていることにまず気付け、さすがに俺でもそんなことはしない。

え、何故プールの授業があるのかって？

知らないよそんなの……。

古の賢者が、水行によって水属性の魔術を鍛えたとされていて、その風習がこうしたプールの授業として残っているってのが歴史なのだが、俺にはプールサイドのイケメンイラストを出したいがために世界観をぶち壊してでも取り入れたとしか思えない。

俺としてはアリシアの水着姿を拝めるのだから眼福眼福。

何故競泳水着なのかは知らないが、恐らくキュッと引き締《し》まった競泳水着の方が女子受けが良いのだろう。

「はわー、水属性魔術を練習しようと思ったんですが、これではできそうもないですね……」

「そもそもプールで実践するのは危険じゃない？」

「危険な魔術を練習するわけじゃないですよ。プールに浸かって水を纏う魔術を使いイメージを掴むだけです、ってラグナさんくらいの実力ならこういう練習はして来たんじゃ……？」

「ウチはちょっと特殊《とくしゅ》だから」

生き残るための訓練は欠かさないが、こうした魔術に関しては基本的に実践を中心に行われる。

常に生きるか死ぬかの瀬戸際《せとぎわ》なので何かに頼ってイメージするなんてことはなく、本能で最適解を導き出せって感じだ。

蛮族《ばんぞく》とか、猿とか言われても仕方がないくらいの野蛮《やばん》さではあるのだが、どれだけ練習をしたところで実践では実力の半分もでない。

先に死ぬか、後に死ぬかの違いでしかないのだ。

「ラグナさんがどんな練習をしているのか、私気になります！」

マリアナとプールサイドでモブ気分を味わっていると、唐突《とうとつ》にサッカーボールサイズの水球が飛んできた。

「おーっと手がすべってしまいましたわーっ！　避《よ》けてくださるー？」

「ひええっ！」

　エカテリーナの声が届く。

　またくだらないことをしてるな、とマリアナの前に障壁を展開するが、その前に同じ大きさの火球がぶつかって水球を蒸発させた。

「この授業で攻撃性《こうげきせい》のある魔術の詠唱は認められていない」

　誰だと思って目を向けると、攻略対象キャラクターの一人である【ジェラシス・グラン・イグナイト】が立っていた。

　学園指定の競泳水着に赤いラインの入った黒いラッシュガード姿の赤毛美少年は、相変わらず何を考えているのかわからない瞳《ひとみ》をエカテリーナに向けている。

「あら、ごめんなさいね？　手元が狂ってしまいましたの」

「故意じゃないなら、別に」

　詠唱するなって言ってるのに手元が狂うとはどういうことか。

　故意でしかないだろ、ちゃんと咎《とが》めろよ。

　取り巻きを引き連れてこの場に近寄って来たエカテリーナは、逆ハーレムプールへ目配せしながら言う。

「殿下も、泳げもしない平民なんて捨て置けば良いのです。周りのことも考えない平民のせいで練習もままならない状況でしてよ？」

　それはそうだが、平民括《くく》りではなくパトリシア個人のせいだ。

　パトリシアがプールに入ると殿下たちも入る、そこがある意味聖域となってプールに入った男子生徒たちは他の女子生徒たちに罵倒《ばとう》され涙を流しながら出ていくのだ。

　いや本当に可哀想《かわいそう》だよ。

　殿下たちはパトリシアしか見えてないし、パトリシアの声しか聞こえていないので、狂ってるとしか言いようがない。

　そんなことを考えていると、ジェラシスは表情一つ変えずに言い返す。

「泳げないままだと、練習もままならない」

「あら、平民は泳げもしないんですの？」

「あまり平民呼ばわりしない方が良い」

「事実ですの」

　平民呼ばわりは確かに良くないが、プールを独占《どくせん》するのも良くないので心の中でエカテリーナを応援《おうえん》する。

　敵の敵は味方ってことで、論破してしまえエカテリーナ。

「エドワードは学園の規則に従ってる。それを乱してる、君たちが」

「ふん、そんなの綺麗ごとでしてよ？　学園の外では平民と貴族、わたくしのやってることは差別ではなく区別、身分を弁えておかないと後で酷《ひど》いことになるのは平民の方でしてよ?」

「それでもここは学園だから」

「チッ、家督《かとく》も継《つ》げない妾《めかけ》の子の分際で」

ここは学園と言うパワーワードに、エカテリーナからただの悪口が出てしまったため口喧嘩《くちげんか》の勝敗が決まってしまった。

「綺麗ごとを言ってはいますが、殿下たちのやっていることは度が過ぎた優遇《ゆうぐう》。それが差別と違うのならば言葉の意味を教えて欲しいくらいですわね? ふんっ、行きますわよ!」

きつめの悪口を言われても一切表情を変えないジェラシスに、エカテリーナは捨て台詞《ぜりふ》と共に取り巻きを引き連れて去っていく。

ジェラシスのポーカーフェイスが最強過ぎた。

それにしても差別と度が過ぎた優遇の違い、か。

言いたいことはわからんでもない。

実際にモブの立場になって見ると、あの逆ハーレム空間は本当に異様な光景に見えて仕方がないのだ。

もっとも、それが嫌がらせをしていい理由にはならないけどね。

ちなみに目の前にそこそこ格上の貴族が二人もいる中で、貴族が苦手なマリアナはどうしているかと言うと。

「あわわ、メ、メガネメガネ……」

驚《おどろ》いて尻《しり》もちをついた時にその衝撃でかけていたメガネがズレてカチューシャみたいになってしまい、ずーっと探していた。

「ど、どどど、どこに行ってしまったんですか私のメガネー！」

探すのに夢中でエカテリーナとジェラシスの会話も聞こえておらず、正直見ていて奇跡《きせき》かなと思った。

「大変だね、君も」

その様子が面白かったので教えてやらずに放置していると、何故かジェラシスが話しかけて来た。

「……向こうに混ざらなくても良いんですか？」

「苦手だから、水は」

学園に来てから今まで一切関わり合いなんてなかったのに、なんで話しかけて来たのだろう。

地味に、攻略対象キャラクターたちと初めての会話だった。

公爵家だから一応敬語を使うべきだろうなと考えつつ黙っていると、ジェラシスは無言で俺の隣に座《すわ》る。

「……」

「……」

……えっ、なんで隣に座るの？

マリアナはメガネを探し求めてどこかへ行ってしまい、放置したことをすごく後悔《こうかい》した。

非常に気まずい空気が流れる中、俺は横目でジェラシスを見る。

無表情でジッとどこか遠くを見つめる姿は、心の奥深《おくふか》くに何かを抱えている様な危険な雰囲気《ふんいき》があった。

しかし顔の造形はイケメンなので、そう言う危険な雰囲気がどこか放ってはおけないと母性本能をくすぐるのだろう。

彼《かれ》のルートでは、主人公をまるで母の様に感じているセリフやシーンがあるので、もろにそれを狙って作られたキャラだ。

「すごい身体をしてるね、君」

急に話しかけられたぞ。

「え？　あ、ッスね、ハハ」

こいつらとは関《かか》わらないと決めていたので返答に困る。

学園の男子とも一切話さないから、急に話しかけられてなんと答えれば良いのかもわからず無駄《むだ》にキョドってしまった。

これが戦いの場面なら実力で対話するのに。

敵兵が相手なら尋問《じんもん》で対話するのに。

学生相手の喋り方なんてブレイブ家では教えられてないし、かといって前世の学校生活でもあま

り会話をした記憶がないので焦《あせ》った。

これぞ、ザ・モブ。

「こんな傷、どこで？」

「ブレイブ領ですから」

歴戦の兵士の身体なんて敵から受けた傷だらけがデフォルトだし、当たり障《さわ》りのない返答をしておく。

一応、怖がらせると不味いからラッシュガードを羽織ろうかなんて思いはした。ただアリシアが傷を隠さない状況で、婚約者である俺がコソコソするわけにもいかず堂々とすることにしたのだ。

傷は誇《ほこ》り、俺の生きてきた証《あかし》みたいなもんだしな。

「隣国とずっと戦争してる領地？　筋肉もすごい、強そう」

「いえいえそちらこそすごい筋肉をお持ちで」

近くで見た水着姿のジェラシスの身体つきは、未熟な学園の生徒たちと比べてかなり引き締まっている。

攻略対象キャラたちは、全員が幼い頃から魔術以外にも剣術《けんじゅつ》などを嗜《たしな》んでおり、皆《みな》相応にアスリート体型をしているのだが、ジェラシスはその中でも特に質が良い。

服を着ているとわからないが、武芸が得意とされる攻略対象キャラよりもガッチリとしているようだった。

「家の教育の結果かな、僕は」

「お互《たが》い苦労しますね、ハハ」

「……」

「……」

再び流れる沈黙《ちんもく》の時間。

き、気まずい！　気まずいよ、セバスー！

こういう時はどうしたら良いんだ!?

マリアナ、アリシア、早く戻ってきてくれ。

いやしかし、この場に戻って来てもマリアナは近寄れないだろうし、アリシアもあまり会話したくないだろう。

何とか会話を切り上げられないかな？

どこか別の場所に行こうかな？

でも最初に椅子《いす》に座ってたのは俺だから譲《ゆず》るのもムカつくな？

そう思っていると、再びジェラシスが口を開く。

「手を繋いだことある？」

「は？」

なんだ急に。

「抱きしめられたことは？」

「いや」

「誰かに愛されたことは？」

質問攻《ぜ》めが始まった。

ぐいっとこちらを向いたジェラシスを前に、俺は「ああ、そう言えばこいつはこう言う奴だったよな」と記憶の中にいるゲーム版ジェラシスを思い出していた。

主人公がジェラシスのフラグを進めると、今まで周りと一定の距離《きょり》を取っていたジェラシスが、今までの態度が嘘《うそ》だったかのように興味を持ち始め質問攻めを繰り返すのだ。

これを『ジェラシスのなになに期』と呼ぶ。

酷いネーミングセンスだが、会話の流れをぶっ飛ばしてのこのくだりは確かに『なになに期』と言っても過言ではない。

脈絡《みゃくらく》が無さ過ぎて、もはや恐怖と言って良いレベル。

そしてこいつは決まってこう言うのだ——君、興味深いね、と。

「君、興味深いね」

その言葉を聞いて、俺は絶望した。

ジェラシスがこの状況になってしまったと言うことは、即ち俺で『なになに期』イベントが進んでしまっているってこと。

ど、どうして。

入学してから一切絡みは無かったのに何故だ、バグってるよ。

「なあ、質問攻めが趣味《しゅみ》なのか？」

「ごめん」

「……」

「……」

は、話が全然進まねぇ。

どうやら質問の返し方を間違えてしまったらしい。

不思議ちゃん系で闇《やみ》の深いキャラクターデザインだから仕方ない気もするが、こうして対面すると何とも疲《つか》れる相手だった。

「も、もう戻ったら？　お仲間さんがプールで待ってるよ……」

帰れジェラシス、ここはお前の居場所じゃない。

逆ハーレムがお前の居場所だ。

「何となく気になったんだ、君のこと」

辟易《へきえき》しながら戻るように言うと、ついには関係性が一歩進んだ時専用ボイスが飛び出して、頭を掻きむしってしまいそうになる。

ジェラシスの『なになに期』に、主人公が「急にどうしたの？」と戸惑《とまど》いの声を上げた時に言うセリフ。

その後、ジェラシスは主人公の口元に顔を寄せて、興味本位でいきなりキスをしようとする激動のドキドキ展開が待っている。

実際には、あまりの急展開に主人公が拒《こば》むことで未遂《みすい》に終わり、その後「いきなり人にそういうことをしちゃいけないんだよ」と、ジェラシスに恋《こい》を教えていく流れになる。

徐々《じょじょ》に近付くジェラシスの顔面を見てそれを思い出し、鳥肌《とりはだ》が立った。

男二人がプールサイドで顔を寄せ合っている図を周りの人に見られてしまうのだけは不味い。

ここは大人しくブレイブ式拒絶《きょぜつ》パンチをイケてる顔面にお見舞《みま》いさせていただこうか、正当防衛はきっと成立する。

「ねぇ、君はアリシアのどこが好きなの？」

そんな言葉で、俺のパンチは空を切った。

近付き過ぎていた顔と顔はすれ違い、耳元でジェラシスは再び呟く。

「なんで君なの？　だって君は、いないはずなのに」

「は――？」

言葉の意味を理解するよりも先に、ジェラシスの身体が淡《あわ》く魔力を帯び始め、そこで気が付く。

この魔力の持ち主に、最近会っていたことを。

「……最深部にいたのは、お前だったか」

あの時の灼熱の魔人。

「だとしたらどうするの？　ここで暴れる？」

そう言えばエカテリーナの水球を火球で相殺《そうさい》した時、ジェラシスは詠唱を行っていなかった。

対して気にも留めていなかったのだが、学園では無詠唱を教えておらず仮に攻略対象キャラだったとしても扱《あつか》うことはできない。

この時点で色々と疑っておけばよかった。

「……何が言いたい」

「宣戦布告だよ。君にアリシアは渡さない」

魔性《ましょう》の笑顔で微笑《ほほえ》まれ、素直にこの場で殺そうかと思った。

だがその前に逆ハーレムメンバーから声がかかる。

「ジェラシスくんも水が苦手だったよね？　一緒に練習しよ？」

「おいおいジェラシス、一人で何やってんだ？　こっち来いよ」

「今行く。水は苦手だけど、パトリシアとなら頑張《がんば》る」

周りの注目がこちらに向いてしまい動けなかった。

学園では堪《こら》えると約束したのだから騒《さわ》ぎは起こせない。

「そっか君、まだキスもしたことがないんだ？」

行った。


「……だったらなんだよ」

「あるよ、僕は。この間のは僕の負け、これで一勝一敗ね」

それを見越《みこ》していたのか、ジェラシスは小さな声で捨て台詞を吐いてプールの中へと飛び込んで行った。

水が苦手なはずなのに。

「ジェラシス、貴方はあの人と何を話していたんですか？」

「また絡んでたから、エカテリーナ嬢が」

「そうですか、助けてあげたんですか、良い心がけですね」

「偉《えら》いぞジェラシス。学園内での差別は良くないからな」

キャッキャウフフの空間が再び作り出される。

殿下たちに褒められ撫《な》でられるジェラシスの姿を見た女子生徒たちが「尊い」と言いながら卒倒《そっとう》し始めていた。

「…………マジで殺す、絶対殺す、今すぐ殺す」

自分でも驚く程にとんでもなく低い声が出た。

この宣戦布告はかなり露骨《ろこつ》である。

何故、パトリシアにフラグを立てられているお前がアリシアのことを狙っているんだ。

逆ハーレムの一員なのに意味が分からない。

学園に来てそれとなくあいつらを観察して来たが、パトリシアはちゃんと逆ハーレムルートを辿っていたはずだ。

ちくしょう、それよりも……だ。

『――まだキスもしたことがないんだ？』

この捨て台詞が頭の中にこびり付いて離《はな》れない。

おい、殺意が抑えきれねぇよ。

ロマンティックが止まらないどころじゃねぇ、殺意が溢《あふ》れ出して溢れ出して今にもこのプールの水を全部持ち上げてぶん回して、殺人アトラクションを作ってしまいそうなくらいである。

良いだろう良いだろう良いだろう上等だよ上等だよ上等だよ。

裏でこそこそ嗅《か》ぎまわるのもそろそろ飽《あ》き飽きして来てたんだ。

こうして面と向かって宣戦布告されるくらいの方が、誰が敵かハッキリしていて都合が良い。

「もうなんだって構わない。目の前にいるあいつらが全ての元凶《げんきょう》なのだからオニクス連れてきてあいつらの家を塵《ちり》に――」

「――こらっ！」

怒《いか》りにわなわな震えていると、アリシアに後頭部を叩かれ我に返る。

振り向くと天使がいた。

競泳水着だとしてもマリアナを超える抜群のプロポーションは、俺の中のブレイブのケダモノが固く閉ざした牢獄《ろうごく》を今にも破壊《はかい》してしまいそうな勢いになる。

そんな感覚がした、がるるるっ。

「何を物騒《ぶっそう》なこと呟いてるのよ」

「いや、ちょっと殺したい奴がいて」

「何か言われたの？　ダメよ、我慢《がまん》」

くぅーん。でも馬鹿にされて黙ってらんないんだい。

ジェラシスとの会話を聞いていなかったアリシアは、何を勘違《かんちが》いしたのか俺をジト目で睨みながら言う。

「ラグナ、貴方と同じ教室の男子生徒に謎の負傷者が続出してるってマリアナから聞いたけど……貴方、変なことしてないわよね？」

ギクッ。

俺に悪戯《いたずら》をして来た野郎共は、全て事故を装って二度とクソみたいな悪戯をできなくしていた。指を折ったり腕を折ったり、失う程の怪我じゃないからバレないだろうと思っていたのに、何故バレた？

マリアナめ、チクるのは良くないと思う！

「ダメよ、派手に暴れると貴方の立場が悪くなるんだからね。私なら何を言われても我慢できるから、貴方も我慢」

「わんわん……」

胸の辺りからブルンッと首輪を出されてしまったので、大人しく言うことを聞くことにする。

反省として、今日はその首輪を甘んじてつけよう。

「不服そうな顔だけど、本当にわかってる？」

「わん！」

「よろしい」

面白半分でわんわん言っていたのだが、いつの間にかそれで気持ちが伝わるようになっていた。

「まあ、首輪は無理してつけなくても良いのよ……？　人目もあるし、これは貴方が突拍子もない行動をした時のためにって使用人さんたちから預かった物だから」

「いいや、今日はつけておく」

大人しくつけておかないと怒りが収まらないのだ。

アリシアは俺の物ではなく、俺がアリシアの物。

その格の違いをあのクソ野郎に見せつけてやる。

どうだ、すごいだろう、すごいって言え。

「ふええアリシア、私のメガネを知りませんか？」

そんなタイミングでマリアナも戻ってくる。

「せっかく新しくしたのにどこにもないんです！　高かったのに！」

「ええ、カチューシャみたいにかけてるじゃないの……」

「あっ、ありました！　さすがアリシア！　命の恩人です！」

「はあ……私が見てないと二人とも仕方ないんだから……」

騒がしさが増して溜息を吐くアリシア。

マリアナと同列に扱って欲しくはないのだが、今は反省の身なのでその言葉も甘んじて受け止めよう。

「一緒にしないでくださいよ！　ラグナさんの方がエグいです！」

「それはそうだけど、貴方も相当おっちょこちょいよ？」

せっかく受け入れたのにエグいってなんだよ。

アリシアも簡単に受け入れるなよ。

「はあ……散々《さんざん》だな……」

やいやい言い合う二人を横目に、溜息を吐きながら考える。

思わぬところで敵対勢力からの接触《せっしょく》、しかもそれは攻略対象キャラクターの一人だった。

イグナイト家を警戒《けいかい》してはいた。

しかし元のシナリオでそんなイグナイト家を成敗する立場だった存在からの宣戦布告は、予想外としか思えなかった。

俺がペンダントを回収したことで、同じような存在だと感づかれたのだろうか。

物語は、運命は、着実に狂い始めている。
気を引き締めて二人を守らないと、な。

幕間　誤算？【パトリシア・キンドレッド】

半日を費やしたダンジョン実習も終わりを迎《むか》え、全《すべ》ての生徒が授業を終えて思い思いの時間を過ごす放課後のことだった。

「そろそろ時間ね？」

王族、または地位の高い貴族のみ入寮《にゅうりょう》することを許される寮《りょう》のとある一室にて、赤い髪《かみ》の男子生徒【ジェラシス・グラン・イグナイト】が口から赤黒いナニカを吐《は》き出していた。

「──うっ、ごぼっ」

血か、それ以外の何か。それとも両方か。

薄暗《うすぐら》い室内において判別はつかないが、事前に用意されていた桶《おけ》の中で激しく脈動するそれは何らかの臓器にも見える。

「あーもぉ、いつ見ても汚《きたな》いわねぇ」

「ごめん」

口元を袖《そで》で拭《ぬぐ》うジェラシスにタオルを投げつける。

赤黒く変色したタオルは、もうどれだけ洗っても白くはならないので、燃やして処分するしかない。

「で、聖具は回収できたの？」

それが、私が彼《かれ》の部屋へとやって来た理由。

ジェラシスは、私の問いかけに少しだけ間を置いて答える。

「……ごめん、できなかった」

「このグズ！　もう最悪！」

頭に血が上って、嘔吐《おうと》の後で辛《つら》そうに膝《ひざ》をつくジェラシスの顔面を思いっきり蹴《け》り飛ばした。

本当にグズ、本当にグズ、とジェラシスが無抵抗《ていこう》なのを良いことに私は何度も何度も踏《ふ》みつけた。

「ごめん、ごめん、ごめん」

「それしか言えないの？　ほんっとにグズね、どうしようもないグズ」

蹴り飽《あ》きたので、私は改めて椅子《いす》に座り足を組んで尋《たず》ねる。

「で、何があったの？」

「邪魔《じゃま》された」

「誰《だれ》に？　どこで？　どうやって？　私はそこまで聞いてるの」

あの聖具の回収は、今のシナリオを進めるうえで、私が舞台《ぶたい》の主役で居続けるために必要不可欠な代物《しろもの》だった。

だからわざわざ取りに行かせたのに、失敗？

悪魔憑《あくまつ》きなのに、失敗？

この物語の開始以前から手塩にかけて育ててきた私の切り札にも近い存在なのに、いったいどういうことなのかしら。

「教えなさい、邪魔したのは誰？」

「ラグナ・ヴェル・ブレイブ」

「チッ、あのモブ貴族」

思わず舌打ちが出る。

シナリオ通りにアリシアを婚約破棄《こんやくはき》に追いやった。

念には念を入れて、クソ虫野郎《やろう》で悪役令嬢《れいじよう》に仕立て上げるつもりだったのに、失敗して知らない男と一緒《いつしよ》に学園に戻《もど》って来た。

その相手が、ラグナ・ヴェル・ブレイブ。

物語が進めば、勝手に消滅《しようめつ》する辺境出身のモブ貴族。

私の記憶《きおく》にあるアリシアは、復讐心《ふくしゆうしん》に飲み込《こ》まれた悪女そのものだったのだが、いったいどんな手を使ったのか彼と学園に戻って来た今のアリシアは、憑き物が落ちたように落ち着いている。

「はあ、エドワードルートはもう使えないわね」

予測できない事態に陥《おちい》るよりはずっとマシだっただけで、シナリオ通りに進める必要性はあまりない。

でもムカつく。何なのかしらあの男。

アリシアの元取り巻きである小物をイグナイト家の力で脅《おど》し悪役に仕立て上げはしたが、小物は所詮《しょせん》小物で物語の悪役にはなれそうもない。

「まあ、聖具は一つだけじゃないし、別にいいかしら」

最短ルートを失ったのは痛手だが、プランは他にもある。

クソみたいな運命を誤認させて、私はまだ、私はまだこの舞台の上で主人公で在り続けなければならない。

「そのために、憂《うれ》いを取り除かなくちゃね？」

ラグナ・ヴェル・ブレイブ。

聖具を取りに来たと言うことは、恐《おそ》らくシナリオを知っている。

私と同じように、元々存在しない運命にあったのだから。

「ほんと、クソよね、クソクソ。運命なんてクソくらえ」

「血が出てる、治さないと……」

爪《つめ》を噛《か》んでいると、いつの間にか割れて食い込んでいた。

気付かない程、私は焦《あせ》っている？

いや、運命はまともな振《ふ》りをして順調に変わっている、狂《くる》っている。

「黙《だま》りなさいグズ。先にあんたよ。ほら、服を脱《ぬ》ぎなさい」

私は立ち上がると、目の前で膝を立てて座《すわ》るジェラシスの前へ。

必死に我慢《がまん》しているようだが、彼はそろそろ限界だった。

汚《よご》れた服を全て脱がせて治療《ちりよう》に当たる。

「どこをやられたかすぐに言いなさい。もう限界でしょ?」

「最初に首……うっ」

その言葉通りに、まず彼の首筋にスパッと切れ込みが入った。

痛みに歯を噛みしめる彼の首に手を回し、すぐに回復魔術《まじゆつ》を施《ほどこ》す。

「次は?」

「心臓と、自爆《じばく》使ったから全身……かはっ」

胸に穴が開き血が噴《ふ》き出て、それから全身に火傷《やけど》のような焼け爛《ただ》れた痕《あと》が広がって行く。

その様子に嫌悪感《けんおかん》を感じながらも私はジェラシスを抱《だ》きしめた。

「安心しなさい、私が全部治してあげるから」

血が温かいことを知ったのは、いくつの時だっただろうか。

その時から変わらずずっと、彼の血は温かいままだ。

ドクンドクンと彼の鼓動《こどう》が強く生にしがみつくのを感じる。

「派手にやられたのね。よく頑張《がんば》りました、えらいえらい」

「あ、ありがと……う……」

悪魔の力を使った代償《だいしよう》である跳《は》ね返りの傷を全て治すと、ようやくジェラシスは落ち着きを取り戻した。

ああ、ジェラシス。

貴方は泣き虫でグズだけど、私の可愛《かわい》い可愛い――弟。

だから、まだ死なせるわけにはいかないの。

「パトリシア」

「今だけは姉さんで良いわよ」

「お姉ちゃん……あいつすごく強かった」

力強く抱きしめ返しながら弟は言う。

「たぶん、勝てないよ僕《ぼく》」

「そんなに？　あれだけ努力してきたのに？」

「でも、だって、全部通用しなかったんだ……」

でもでもだって、本当にこの子は泣き虫ね。昔から変わらない。

「貴方《あなた》の本気は？　まだ本気を出したことなんて一度もないでしょ？」

「ないけど……それでもわからないよ……」

跳ね返りの傷から察するに、首を一撃《いちげき》で刎《は》ね飛ばされている。

私と同じ存在で、よくもまあそんなグロいことができるものね？

もっとも境遇《きょうぐう》が同じだとすれば、それは仕方のないことだけど。

首を斬《き》られ、心臓をえぐられ、全身に強い痛みを伴《ともな》う自爆まで使わされた弟は、すっかり怯《おび》えて震《ふる》えていた。

抱きしめた彼の身体《からだ》から恐怖《きょうふ》が伝わってくる。

「ねぇ、――ジェラシス？」

私は弟の顔を掴《つか》んで目を合わせ、酷《ひど》く歪《ゆが》んで朧気《おぼろげ》で、すごく綺麗《きれい》な瞳《ひとみ》を見ながら問いかける。

「貴方が欲《ほ》しい物はなぁに？　お姉ちゃんに言ってみなさい？」

「……アリシアが欲しい、昔、牢屋《ろうや》の窓から見た時から」

「じゃあ、せっかく私がお膳立《ぜんだ》てしてあげたのに、貴方と一緒にしてあげようとしたのに、全部台無しにしちゃったのは、だぁれ？」

「……ラグナ・ヴェル・ブレイブ」

「じゃあ、殺さなきゃ奪《うば》えないわよ？　貴方の欲しい物、今はその人が持ってるもの」

「で、でも」

「私を信じなさい。貴方は特別なの。それにまだ負けてないでしょ？　だって、こうして生きてるんだから」

彼は、物語の中に登場するのに私と同じくらい稀有《けう》で特別な存在だ。

生まれた時から悪魔を宿し、忌《い》み嫌《きら》われてきた特別な弟。

「お姉ちゃん……」

ジェラシスは、物欲しそうに目を瞑《つむ》る。

「貴方がまだ頑張れるなら、お姉ちゃんがずっと傍《そば》にいてあげる」

そう言って、私はジェラシスにキスをした。

舌を絡《から》ませ口越《ご》しに体内へ魔力《まりよく》を送り込み、彼のボロボロになった中身を元に戻す。

狂気の向こう側へ行ってしまいそうな彼の心を繋《つな》ぎ止める。

まだこの子を折れさせるわけには、壊《こわ》れさせるわけにはいかない。

「ありがとう、お姉ちゃん」

うっとりと余韻《よいん》に浸《ひた》った表情でジェラシスは言う。

「僕、頑張るから」

「うん、頑張りなさい」

そう告げると、朧《おぼろ》げな瞳に少し光が戻っていた。これでよし。

「次は絶対に勝つから」

「ジェラシス、実は貴方ってもう勝ってるのよ？」

「どうして？」

「貴方は可愛い女の子と手も繋いだし、抱きしめられたし、キスもしたんだから、その辺のモブ野郎とはわけが違《ちが》うの」

「それって勝ちで良いの？」

「当たり前じゃない。学園の猿《さる》ガキ連中はそのために生きてるんだから、試《ため》しに煽《あお》ってみればわかるわよ」

ジェラシスに煽られれば、みんな血涙《けつるい》を流して悔《くや》しがるでしょうね。

ふふっ、笑えてくる。

さて、ラグナ・ヴェル・ブレイブ。

何が目的でこのシナリオに、この舞台に上がって来たのかは知らないけれど、決して私は止まらない。止まれない。

今後も立ち塞《ふさ》がるのならば、容赦《ようしゃ》はしない。

このクソみたいな運命に、クソみたいな世界に崩壊《ほうかい》を――。

あとがき

あとがきをあまり書いた経験がなく、何を書けばいいのか迷ったのですが、この物語にも通じる話で印象に残ったエピソードを語ろうと思います。

——ｔｅｒａさんって、強い女性が好きですよね？

切っ掛《か》けは、編集さんとヒロインについて話している時に出た一言なのですが、今まで書いてきたどのシリーズにおいても強いヒロインに助けられる主人公がいて、確かにその通りだなと思いました。

僕《ぼく》自身に大した性癖《せいへき》の様なものはないと思っていたのですが、こうしてよくよく考えてみると出てくること出てくること……、書き手の深層心理が垣間見《かいまみ》えると思ってしまうと何だか急に恥《は》ずかしくなって来てしまいます。

でも強い女性ってかっこいいんですよね。

単に戦闘《せんとう》が強いとか気が強いとかそんなものではなく、自分の中に一本の芯《しん》を持っているようなそんな女性がかっこいいと感じ、同時にそんな男になりたいもんだと強く思います。

こうして改めて考えると性癖ですね、性癖。

性癖と書くとなんだかイヤらしい感じに聞こえてきますが、断じて趣向《しゅこう》がそんな女性にいじめられたいと言ったものではありません。本当ですよ。

趣味嗜好《しゅみ》の話はこれくらいにして、今までは色々理屈《りくつ》をこねくり回す主人公像が等身大かな、なんて思って書くことが多かったのですか、今回は「面倒《めんどう》だ殺そう」くらいにとんでもない奴《やつ》だとどうなっちゃうのかなと言った形でイメージしながら書いています。

そんな男の隣《となり》に立つ女の子は、いったいどんな存在になるのだろう？

学生という未熟で不安定な立場で、それでも好きだと全《すべ》てを受け入れるのか、それとも自分の中にある何かと比べて道を正そうとするのか。

そう言った部分をちょっとしたサブタイトル程度に止《とど》めながら書き進めていたりします。

ここまで書いていて思ったのは、やっぱり性癖ですね。

鍵《かぎ》となる登場人物の人間性にも注目しつつ、隣もしくは近場に存在する女性をよく見てみると、もしかすれば意外な事実がわかってきたりするのかもしれません。

キャラは、濃《こ》ければ濃いほど良い。

癖《くせ》は、強ければ強いほど良い。

ではなんでそんなに濃いキャラになるんだろう？

強い癖を持ってしまったんだろう？

そう掘《ほ》り下げてキャラクターを作って行くのが私は好きなので、心に留めていただいて楽しみ方の一つにしていただければなと思っています。

本書は、カクヨムに掲載された『婚約破棄された悪役令嬢が辺境モブ貴族の俺の家に嫁いできたのだが、めちゃくちゃできる良い嫁なんだが？』を改題・改稿したものです。

DRAGON NOVELS
ドラゴンノベルス

辺境モブ貴族のウチに嫁いできた悪役令嬢が、めちゃくちゃできる良い嫁なんだが？

2024年3月5日　初版発行

著　　者　tera《てら》

発 行 者　山下直久

発　　行　株式会社 KADOKAWA
〒102-8177　東京都千代田区富士見 2-13-3
電話 0570-002-301（ナビダイヤル）

編　　集　MF文庫J編集部

装　　丁　AFTERGLOW

D　T　P　株式会社スタジオ２０５ プラス

印 刷 所　大日本印刷株式会社

製 本 所　大日本印刷株式会社

DRAGON NOVELS ロゴデザイン　久留一郎デザイン室＋YAZIRI
本書の無断複製（コピー、スキャン、デジタル化等）並びに無断複製物の譲渡及び配信は、著作権法上での例外を除き禁じられています。
また、本書を代行業者等の第三者に依頼して複製する行為は、たとえ個人や家庭内での利用であっても一切認められておりません。

●お問い合わせ
https://www.kadokawa.co.jp/（「お問い合わせ」へお進みください）
※内容によっては、お答えできない場合があります。
※サポートは日本国内のみとさせていただきます。
※ Japanese text only

定価（または価格）はカバーに表示してあります。

©tera 2024
Printed in Japan

ISBN978-4-04-075325-6　C0093

第2巻企画進行中
&
コミカライズ決定!!!

※2024年3月時点の情報です。

辺境モブ貴族のウチに嫁いできた悪役令嬢が、めちゃくちゃできる良い嫁なんだが？

［著］tera　［イラスト］徹田

最新情報はカクヨムでチェック!

カクヨム連載ページはこちら
▶▶▶▶▶